ESTA

BESTIA QUE

HABITAMOS

Bernardo Fernández, *Bef*

ESTA

BESTIA QUE

HABITAMOS

un caso del Járcor

OCEANO

ESTA BESTIA QUE HABITAMOS
Un caso del Járcor

© 2021, Bernardo Fernández, *Bef*
c/o Schavelzon Graham Agencia Literaria
www.schavelzongraham.com

Diseño de portada: Jorge Garnica

D. R. © 2021, Editorial Océano de México, S.A. de C.V.
Guillermo Barroso 17-5, Col. Industrial Las Armas
Tlalnepantla de Baz, 54080, Estado de México
info@oceano.com.mx

Primera edición: 2021

ISBN: 978-607-557-356-4

Impreso en México / Printed in Mexico

Ésta es para El Diablo, *por supuesto*

Je voudrais pas crever
Avant d'avoir goûté
La saveur de la mort…

No quisiera petatearme
antes de haber probado
el sabor de la muerte…

BORIS VIAN, "Je voudrais pas crever"

To tame this hairy old beast we live on is the doom of Euler.
I look for a happier doom.

Domar a esta antigua bestia velluda que habitamos
es la sentencia de Euler. Yo busco una condenación
más alegre.

R.A. LAFFERTY, "Through Other Eyes"

La noche para él
ya no tendrá final.

MECANO, "Mosquito"

Hardcore adj. (anglicismo): 1. Referido a la forma de realizar una actividad ruda, brusca, violenta. 2. Que no se ajusta a las reglas. 3. Referido a un subgénero musical, que deriva del punk rock. 4. Referido a una persona, que es ruda, violenta o burda. 5. Referido a una obra de arte, de difícil asimilación por su violencia, obscenidad o vocación transgresora. ETIMOL. En inglés *hard* significa "duro" y *core,* "núcleo" o "centro" de un objeto.

La hora de los locos

Noviembre de 2019

La noche saludó al Ruso Gavlik con un beso helado en las mejillas. El viento se coló por la ventanilla del BMW para lamer su rostro. Era la hora de los locos, cuando la madrugada avanza hacia el amanecer pero aún se sabe poderosa; el manto de las sombras tendido sobre la ciudad. La hora en que niños y piadosos duermen, cuando los vampiros se adueñan de las calles insomnes.

El auto lo manejaba el Güero Ramírez, escolta chofer que el difunto Matías Eduardo, presidente de la agencia, le había puesto a su socio Gavlik desde un intento de secuestro un par de años atrás.

En el asiento trasero el Ruso, quien se enorgullecía de jamás haber aprendido a manejar, apretaba los muslos de Nancy, hundiendo los dedos sobre la superficie de nylon negro. Parecían de piedra: muchas horas de gimnasio al día.

La ejecutiva, gerente de mercadotecnia de una marca de electrodomésticos, bebía a bocajarro de una botella de vodka Zyr que había sacado del bar. El Ruso intentaba aspirar un poco de coca mientras acariciaba las piernas de su clienta. Ante la dificultad de la doble operación, se concentró en la mujer.

—Estamos muy pedos, André —dijo ella entre carcajadas, como si vinieran solos.

—Chupamos vodka de a madre.

Ella paseó sus dedos manicurados por la cabellera castaña del publicista.

—Esto está mal, Rusito. Uno no debe acostarse con los proveedores.

—Pasan de las seis de la tarde, Nan —volteó a verla—. Nunca te había dicho así.

—Y a partir de las nueve de la mañana dejas de hacerlo, pendejo.

Rio como si hubiera dicho algo ingenioso. Al Ruso no le divirtió.

—Mañana es sábado, señora.

Ella remató de un sorbo los restos del vodka, bajó el vidrio del BMW y lanzó la botella, que reventó en el asfalto.

—¡Güevos, putos! —gritó a la calle.

Nancy Fuchs, la gélida ejecutiva, estaba transformada en otra persona. Ello excitó aún más a Gavlik.

—Sábado, sí. Y mi marido, en Miami.

—¿Qué hace allá?

—Se coge a su secretaria, Ruso, ¿qué va a hacer? Congreso médico, mis güevos.

—Te recuerdo que tú no tienes —ironizó Gavlik.

Ella llevó su mano al escroto de Gavlik y apretó.

—¿Y éstos? ¡Ja, ja, ja!

Gavlik sabía que estaba jugando con fuego. Si los jefes de Nancy se enteraban de que había abandonado la fiesta de lanzamiento de campaña con su clienta, perdía la cuenta al instante. Ya ésta pendía de un hilo desde él que había sido señalado por varias mujeres en el #MeTooPublicistas de las redes sociales.

Pero, carajo, la pinche Nancy estaba muy buena, se traían ganas desde hacía varios meses y durante la fiesta en el Handshake Speakeasy las insinuaciones subieron de tono a medida que ambos ingerían cocteles *de autor*.

Cuando se dieron cuenta ya habían pedido una botella de vodka a la que siguió otra igual.

—Este lugar ya se choteó, ¿nos vamos? —susurró él al oído de la mujer, intentando que lo escuchara por encima de la música.

—Chingue su madre —respondió ella.

Afuera los esperaba el chofer del creativo estrella de la agencia Bungalow 77. Ella había llegado en Uber Black, aunque vivía a seis cuadras: detestaba manejar. Salieron sin destino definido.

Nancy acariciaba los güevos del Ruso.

—¿Todo esto es mío?

Él, dos divorcios, una hija, asiduo a las escorts caras, sólo alcanzó a susurrar un tímido "sí".

—Llévame a un hotel, Rusito.

—¿Al Saint Regis?

—¡No seas pendejo! Ahí nos podemos encontrar a alguien. No, güey... —se quedó pensativa unos instantes—. Llévame a un hotel de Tlalpan.

—¡Estás loca! —Gavlik elevó la voz como jamás se habría atrevido a hacerlo en una de las juntas corporativas.

—¿Qué? Tengo ganas de conocer uno.

—¿Y a poco el Güero va a esperar afuera?

—Es su trabajo —dijo ella como si el chofer fuera un robot—. Eso y no decir nada.

—Nunca lo hace.

—¿Cómo que *nunca*? ¿Qué, te la vives de cabrón?

La miró, sonriente.

—Leve.

Ramírez sonrió.

—Estoy muy pedo. No vayamos tan lejos.

Ella lo pensó unos segundos.

—Vamos a mi casa, Rusito.

—¡Estás loca!

—¿Sabes dónde está mi marido en este momento?

—Pero... pero... tus vecinos...

—¿Te doy miedo, André Gavlik?

Se sostuvieron la mirada un segundo. El publicista dijo en un susurro:

—Dile al Güero cómo llegar.

Ella le indicó tomar Reforma de nuevo hasta el Ángel y dar vuelta en Tíber hasta el puente.

—Te voy a poner un cogidón, ¡perra!

Ella lo asió por las mejillas, jaló su rostro al suyo y le dio un beso largo y húmedo.

—Háblame sucio, me excita.

En pocos minutos circulaban por Presidente Masaryk. Pasaron de nuevo frente al Handshake Speakeasy.

—¡Agáchate, Ruso! ¡Ahí está mi jefe!

—¡Agáchate tú, pendeja, yo qué!

Ella recostó su cabeza en las piernas del publicista.

El BMW se deslizó discretamente frente al bar. En la banqueta, el gerente regional de la Corporación fumaba. Ni siquiera reparó en el auto de Gavlik.

—Listo, ya no hay moros en la costa —dijo él—. Ya que andas por allá abajo, ¿no se te ofrece nada?

—Quisieras, güey.

Llegaron al edificio de Nancy. El Güero se detuvo frente a la entrada sin decir nada ni apagar el motor.

—Esto… no es muy profesional —empezó a decir Gavlik.

—Ay, ya bájale, Ruso —dijo, apeándose.

André se quedó viéndola, sin saber muy bien qué hacer. Finalmente dijo:

—Pues aquí me quedo, Güero. Vete a tu casa, me regreso en Uber.

—Tengo la orden de no separarme de usted, señor —contestó el exsicario.

—Ramírez, no te pongas pendejo.

El hombretón suspiró; ningún músculo facial se movió debajo de los lentes oscuros que jamás se quitaba.

—Sí, señor, lo que usted indique. Le abro la puerta.

Bajó del auto y caminó hasta la portezuela trasera, renqueando un poco. Desenfundó la Heckler and Koch y cruzó los brazos sobre el pecho con el arma a la vista, para inhibir a cualquier asaltante que pasara por ahí a esa hora.

—Bueno, mi Güero, muchas gracias —dijo el publicista al tiempo que deslizaba un billete de quinientos pesos en el bolsillo pectoral del blazer del guarura.

—Cuídeseme mucho, patrón. Y con todo respeto, no haga pendejadas.

El Ruso dedicó una mirada melancólica a su protector.

—Ya hice la peor, mi Güero: nací.

Fuera de lo acostumbrado, Gavlik ofreció un apretón de manos a su escolta. El guarura lo asió en su manaza y apretó hasta casi lastimarlo. Luego dio media vuelta, subió al auto y abandonó esta historia. Gavlik lo observó alejarse por la calle.

—¿Qué pasa? —preguntó Nancy, que revisaba su Facebook sobre la banqueta.

—No, nada —dijo Gavlik mientras veía el auto perderse en la distancia.

Entraron al vestíbulo en silencio. El vigilante estuvo a punto de decir algo; se contuvo ante la mirada vidriosa de Nancy. Su temperamento agrio era mítico en el edificio.

Subieron al ascensor. La puerta se abrió en el piso completo de Nancy y su marido cirujano.

Como puestos de acuerdo, se tumbaron en uno de los sillones de la sala, que medía casi lo que medio departamento del Ruso.

—¿Quieres un trago? —murmuró ella.

—Te quiero a ti.

Nancy se puso de pie, dio media vuelta, dejó caer su abrigo Visvim al suelo. De espaldas al Ruso, llevó las manos a la falda de su vestido Comme des Garçons y lo elevó por el talle. Al caer, reveló su lencería Faire Frou Frou. Se llevó las manos a la cintura y preguntó:

—¿Te gusto?

Gavlik se levantó del sillón de piel como impulsado por un

resorte. Se lanzó sobre la mujer con voracidad depredadora. Asió sus pechos, apretando.

—¿Quién es mi puta? —le murmuró al oído, mordiendo su lóbulo.

—Yo —susurró Nancy.

—¿Quién es mi perra?

—Yo —el monosílabo fue casi inaudible.

El Ruso sintió bajo sus manos los dos implantes de silicón colocados por el marido cirujano. "A güevo", pensó. "Esa firmeza no se da en la naturaleza después de los cuarenta años."

Gavlik besó la nuca de Nancy y bajó por el cuello.

Sus ropas desaparecieron en minutos. Antes de asimilarlo conscientemente, el Ruso contemplaba su espléndida desnudez sobre el sillón. Ella abrió las piernas para recibirlo. Agradeció en silencio la prevención de haber engullido una Cialis unas horas antes, *por si cualquier cosa.*

El último orgasmo de su vida llegó minutos después de entrar en ella, en medio de gemidos acompasados a dúo.

Se quedaron abrazados sobre el sillón durante mucho tiempo, como inseguros de lo que debían hacer a continuación. Ella rompió el silencio:

—¿Por qué mataron a Matías?

Se refería al cubano Matías Eduardo, socio de André, presidente y director de cuentas de la agencia, muerto unos días antes en circunstancias misteriosas.

—Nadie mató a Mati. Fue una peritonitis.

—Ay, Ruso, no mames. Lo envenenaron.

Desnuda, envuelta por los brazos velludos de Gavlik, seguía siendo la hembra alfa.

—Dame un cigarro —ordenó ella.

—Ya no fumo.

—Entonces préstame tu vaporizador.

Gavlik hurgó entre sus ropas, en el suelo. Halló el cilindro metálico y lo ofreció a su clienta, que aspiró con fruición para exhalar el humo por la nariz.

—Si me ve mi marido, me cuelga.

—Imagínate si me ve *a mí*.

—Ay, qué cagadito eres, pendejo.

Nancy fumó en silencio. El Ruso tomó el vaporizador y aspiró.

—¿Qué sabor es? —preguntó ella.

—Maple.

—¿Lo mataron por el desvío de fondos del Fideicomiso del Jitomate? —insistió ella.

El Ruso volvió a inhalar humo. Exhaló el vapor tóxico mirando al vacío.

—Al cubano se le reventaron las tripas.

—Mis güevos —contestó ella.

—Vas —contestó el Ruso, frotando su escroto en el trasero de Nancy.

Noventa minutos después, un espasmo despertó al Ruso. Estaban desnudos sobre la duela de roble blanco, la ropa esparcida por el piso. Ella dormía en posición fetal, roncando suavemente. En la oscuridad, Gavlik distinguió algunos moretones en la espalda de la mujer.

Con la mente nublada por el alcohol, se vistió sin encender la luz. No quiso pensar en la hora ni en la cruda que ya comenzaba a taladrarle las sienes.

Consideró dejarle un papelito con la palabra "gracias"; desechó la idea de inmediato. Llamó al ascensor, comprobó aliviado que no necesitaba la llave de Nancy para bajar al lobby y abandonó el departamento sin hacer ruido.

Al cruzar el vestíbulo se encontró al vigilante, un hombre joven de marcados rasgos indígenas. Se contemplaron desde extremos opuestos de la escala social, el velador con resignado rencor, Gavlik con avergonzado desdén. Ambos asintieron al verse, sellando un pacto de silencio.

Afuera helaba; su blazer Ferragamo no lo protegía del viento frío.

"¡Puta madre!", maldijo en voz alta hacia el cielo, que sólo le devolvió su indiferencia. Con la cabeza envuelta en vapores etílicos, caminó a la esquina, tiritando. Si al día siguiente no lo mataba la cruda, sería el resfriado. Llegó a Masaryk. Se acercó al módulo del valet parking de uno de los bares.

—¿Cuál es su auto? —preguntó un valet, solícito.

Gavlik contestó con un gruñido y un manoteo de negación; sacó su iPhone para pedir su transporte. Sintió cómo su estómago segregaba ácido al descubrir que la pila estaba agotada. El cargador de emergencia descansaba en la guantera de su auto.

—Me lleva la verga —maldijo entre dientes.

Miró hacia la calle, buscando un taxi. Su expresión desolada atrajo la atención del conductor de un Honda Civic rojo que circulaba por la calle.

—¿Transporte ejecutivo, jefe? Cien por ciento seguro —dijo el hombre a Gavlik.

El Ruso lo miró; desde el fondo de su borrachera fue incapaz de distinguir los rasgos de la persona que le hablaba. Era una voz amable emitida por una sombra. Al publicista le sonó a salvación.

No se supo si fue el frío, la borrachera o un miedo primigenio que roía su alma lo que impulsó a André Gavlik a subirse al auto. Fue la última mala decisión que tomó esa noche.

A las siete de la mañana, el cadáver de André Gavlik, cuarenta y dos años, fugaz estudiante de artes plásticas de una escuela de Nueva York, creativo publicitario desde los veintiún años, presidente creativo en la agencia Bungalow 77, con dos divorcios a cuestas y una hija, fue hallado sobre la banqueta frente al número 10 de la Cerrada de Ameyalco, en la colonia del Valle, a unos metros de la Avenida de los Insurgentes.

El policía que encontró el cadáver no identificó huellas de violencia en el cuerpo. Sólo una peculiar expresión en el rostro, como de quien atraviesa por una pesadilla en medio del sueño.

La purificación a través del dolor

Lizzy sintió sus piernas acalambrarse. Quiso cambiar de posición; el temor al varazo en la espalda la contuvo.

—Así, así, muy suave —dijo la instructora, una japonesa diminuta que hacía pensar a la *capisa* en una muñequita de porcelana. Lo único que delataba su edad era el cabello, completamente blanco, avalancha de nieve que descendía por su nuca.

Lizzy sintió que la ropa se le pegaba al cuerpo por la transpiración. Incómoda, no dijo nada. Llevaba treinta minutos en la posición de la media cobra o *Ardha Bhujangasana*.

—¿Duele? —preguntó la maestra.

—Mucho —murmuró Lizzy.

—Bien. El sufrimiento purifica.

"Pinche vieja", pensó Lizzy y de inmediato reprimió el pensamiento violento.

—Magnífico —dijo la instructora—. Ahora, respire profundo, relaje sus músculos y acuéstese bocarriba.

Lizzy obedeció.

—Piense en el agua que corre por el río. En el viento que mece las ramas.

Lizzy sólo podía pensar en sexo.

—Relájese, respire hondo…

Un mulato con músculos de piedra, cogiéndosela como no hacía nadie desde el Bwana, ¿hacía cuánto?

—Muy bien, hemos terminado.

Abrió los ojos, sorprendida por el aplauso solitario que tronó al fondo de su celda.

Se incorporó como impulsada por un resorte para descubrir a Anatoli Dneprov, su *dealer* de armas, sentado en la sala que había colocado en su celda, conformada por un bloque entero del reclusorio femenil.

—¿Y ora tú, cabrón, qué haces aquí?

—Esa boquita… —murmuró la instructora de yoga.

—Tu clase ya se acabó, pinche vieja, ahora bórrale hasta la próxima semana.

La asiática murmuró una despedida y salió de ahí, aliviada de haber terminado la sesión mejor pagada de su semana laboral.

—Quedamos de vernos aquí el 10 de noviembre, ¿recuerdas? —informó Dneprov, con su habitual ecuanimidad—. Me permití traer un *vinho verde* portugués.

—Ya sé, güey, ya sé, estoy mamando.

Era un hombre de edad indefinida, arriba de los sesenta. De complexión atlética y suaves rasgos eslavos, cabello y barba del color de la nieve siberiana. Sus años como ingeniero militar en Angola y luego en Cuba le habían abierto la puerta fonética a las lenguas romances: hablaba portugués, español y francés sin acento, además de un inglés impecable.

Cualquiera pensaría que se trataba de un diplomático, siempre ataviado con sobria elegancia. Nadie imaginaría que era uno de los traficantes de armas más respetados del mundo. Y quizás el único amigo personal de Lizzy Zubiaga.

Había entrado a México bajo la personalidad de un vendedor uruguayo de maquinaria agrícola para cerrar un negocio al norte del país. Quiso aprovechar para visitar a su vieja amiga. Al Reclusorio Femenil ingresó como Pedro por su casa, como había hecho en docenas de cárceles por todo el mundo.

—No es por hacerte el desaire, güey, pero ya no soy del vicio —y rio sola de su cita literaria.

—Claro, dejaste de beber, querida. Si lo deseas, podemos pasar nuestra velada sobrios.

—Prefiero, sí.

El bloque de Lizzy ocupaba ocho celdas. Se habían derrumbado las divisiones. Pese a la tentación, optó por eliminar toda ostentación: decoró al estilo minimalista.

Dos internas del penal les sirvieron fruta fresca y agua Voss en copas de vidrio. Una de ellas, una mulata enorme cubierta de tatuajes y el cabello platinado cortísimo, buscó con la mirada la aprobación de Lizzy.

—Todo perfecto, Capulina.

La mujer prosiguió el servicio, sonriendo.

—Veo que estás en una etapa zen de nuevo —apuntó Dneprov, sentándose a la mesa ante una indicación de su anfitriona.

—Mamadas.

—Siempre la misma Lizzy.

—Tu madre.

Comieron en silencio kiwis y frambuesas.

—¿Alguna novedad? —rompió el silencio Dneprov.

—Nada, cabrón, cuando caes en desgracia todo se te deja venir en filita. Los amigos se esfumaron, mi familia pidió entrar al programa de testigos protegidos...

—Pensaba que eras hija única.

—¿Y qué, mis primos son pendejos o qué?

El eslavo recordó a la horda de parásitos que orbitaban a su clienta, corte de los milagros que se daban vida de reyes a cambio de pequeños favores. No comentó nada.

—¿Y tu abogada, qué te dice?

—Esa pendeja. Nada, todo va lento. Lo único bueno es que en este país, mientras tengas dinero, siempre podrás comprar la justicia a tu favor. Mientras no me transfieran a otro penal, ya chingué —guardó silencio un momento, tras el cual agregó—: El problema es que la lana se me está terminando. El hijo de la chingada del Paul me dejó en la ruina.

Lizzy enrojeció al nombrar al primo que la había traiciona-do. Dneprov quiso cambiar el tema de conversación.

—No te puedes quedar aquí para siempre.

—Pues claro que no, pendejo.

Llegó el segundo tiempo. Sashimi de un pescado que el pa-ladar veterano del traficante no logró identificar.

—Mmm, delicioso. ¿Qué es?

—Dorado. Un pececito de mi tierra que nadie pela. Es muy bueno. Además, no están los tiempos para andar tragando salmón.

—Viene lleno de mercurio de todos modos.

—A menos que lo compres orgánico; yo no tengo tiempo ni dinero.

Dneprov se preocupó. Nunca había escuchado a Lizzy esca-timar en nada.

—¿Es tan precaria la situación?

—Neta, güey.

Siguieron comiendo en silencio.

Las dos internas retiraron la comida, sirvieron más agua en las copas y trajeron el postre.

—¿Sorbete de limón? —dijo el ruso.

—Nieve de la Michoacana. Está buena, güey.

Paladearon el helado en silencio, Dneprov hizo como si fue-ra el manjar más exquisito del planeta. Al terminar, les sirvie-ron café a ambos.

—¿Colombiano?

—Sí, cabrón. Me quedan algunas viejas conexiones, he co-brado algunos favores. Antes les compraba coca, ahora cafe-cito.

Rieron.

—Aaaah —dijo Lizzy—, si no fuera por estos momentos.

Anatoli disfrutó su taza. A diferencia del helado, estaba de-licioso.

—Veo que las cosas están *realmente* mal —rompió el silen-cio cuando éste llenó el comedor.

—De la verga, güey. De verdad te agradezco que hayas venido...

—Nada que agradecer.

—De verdad. Toda la bola de culeros me dieron la espalda, ¡todos!

La mujer apretó las mandíbulas. Él intentó distender la situación.

—¿Y... cuáles son tus planes, además de hacer yoga?

La mirada furiosa de Lizzy roció a Dneprov quien, aun sabiendo que no corría peligro, sintió un estremecimiento.

—No te burles, pendejo.

—Pregunto bien, Lizzy. De otro modo no estaría aquí.

Ella apuró su taza de un trago, bajó la mirada, contrajo su expresión facial en un rictus doloroso.

—Estoy de la verga, Anato.

—Siempre has resurgido.

—Todos me abandonaron, me dejaron sola.

—Aquí estoy, ¿no es así?

Levantó los ojos hacia su amigo, la vieja expresión altanera enraizada en su mirada.

—Necesito tu ayuda.

Dneprov sintió anudarse sus músculos estomacales. Conocía bien el estado de las finanzas de la antigua reina del cártel de Constanza: estaba quebrada. Él jamás había fiado ni una sola bala. Así construyó su emporio. No podría empezar a hacerlo ahora. No para ayudar a una narcotraficante caída en desgracia, por muy amiga que fuera.

—Pídeme lo que quieras —mintió.

Algo pareció alegrarse en el rostro de Lizzy. El traficante de armas temió lo peor.

—Quiero un tanque T-14 para que me saques de aquí tumbando la barda.

Un segundo helado transcurrió en silencio, durante el cual los dos viejos cómplices se sostuvieron una mirada de jugadores de póker a punto de revelar las cartas.

—¡N'ombre, puto, qué te crees! ¡Ja, ja, ja! —quebró Lizzy el silencio que se había cristalizado en la sala. Dneprov dejó de contener la respiración.

—Temí lo peor —confesó él.

—Es que no has escuchado mi petición.

Dneprov sintió un hueco frío anidar en su pecho. Por primera vez, su rostro delató sorpresa.

—Dime.

Ella esbozó una sonrisa de tigre, dio un sorbo a su copa de agua y tras una pausa, preguntó:

—¿Puedes conseguirme *un chingo* de drones?

—¿Cuánto es un chingo?

Lizzy lo meditó un momento antes de contestar:

—Cuando la mitad sigue siendo un chingo.

Llamadme Ismael

Abrí la puerta del edificio. Soplaba fresco. El clima chilango, traicionero, elevaría la temperatura hasta los treinta grados en unas horas. Sin embargo, en ese momento de la mañana aún era amable. Aspiré profundo, llenando mis pulmones de vapores tóxicos, y salí a la calle.

En la esquina, el señor del puesto de periódicos ya me tenía listo mi ejemplar de *La Jornada*.

—Buenos días, mi Járcor —dijo sonriendo.

—Llamadme Ismael —contesté al pagarle.

—¿Eh?

—Nada, nada. ¿Cómo anda, don?

—Pus aquí, batallando. ¿Qué le hacemos?

—¿Qué le hacemos? —repetí mientras leía por encima los encabezados del diario. Leía ese periódico desde que iba en la prepa, hace ¡ay, cabrón! tantos años. Yo ya no era el mismo. El diario tampoco, pero a los viejos amores cuesta mucho dejarlos atrás. Si lo sabré yo.

(Al pensar en viejos amores, chingada madre, recordé a la gorda.)

—Bueno, don, lo dejo. Que tenga buen día.

—Igual, mi Jar.

Habíamos repetido ese mismo diálogo todos los días desde hace casi doce años que vivo en la esquina de Bolívar y Xola.

Caminé hacia el norte por Bolívar la media cuadra que separa mi edificio del taller donde guardo la moto. Ya los mecánicos habían llegado y le compraban al tipo que pasaba todas las mañanas en su bicicleta, con la canasta de pan y el termo gigante de café. Igual que todas las mañanas, me saludaron con albures:

—¿Quihóbole, mi Járcor? Hará'ño y meses que no nos vemos —dijo uno de ellos.

—¿Qué tal la pasas, chiquillo? —añadió otro.

—Como campeón —contesté entre risas y sin más fui hasta el fondo del taller, donde me esperaba mi Harley.

Igual que todas las mañanas, la acaricié con delicadeza, deslizando las yemas de mis dedos sobre el tanque de gasolina con una sonrisa que se me plantaba en la cara sin que pudiera controlarlo.

—Buenos días, chiquita —murmuré, tratando de que esa bola de cabrones no me escuchara, de lo contrario no me la iba a acabar con la cábula. ¿Así acariciarán los padres a sus hijas todas las mañanas?

Ella no contestó. Como siempre. Me trepé, me puse el casco, cerré el cierre de la chamarra de cuero y encendí el motor. Ella saludó al mundo con un rugido.

Salí de ahí rumbo al Centro. Como todas las mañanas.

Y como decía el papá de Mafalda, en ese momento la vida dejaba de ser como en los comerciales.

Para antier

Le llamamos *El Búnker.* Un nombre imponente para un cubo anodino de concreto. Es la sede de la Fiscalía General de Justicia de la Ciudad de México. La tira, pues.

Nunca imaginé, en mis años punk, que iba a trabajar en la Tirana. De marrano. Yo era un enemigo del sistema. Un etnocyberpunketo urbano anarcomunista que terminó en las filas del aparato represor. De juda.

Lo primero que descubrí en esta profesión que nunca deja de sorprenderme fue que el león no es como lo pintan. Que la Policía era *otra cosa.* No el monstruo siniestro que imaginábamos en el CCH y en la UAM. La artista previamente conocida como la Policía Judicial es un mal necesario, una fuerza que intenta compensar los embates de algo que muchos perciben como el mal y que en realidad, lo he aprendido en todos estos años en la Corporación, es otra cara de la misma moneda.

En México la ley y el crimen organizado son como la serpiente Uróboro, que devora su propia cola, sin que se sepa si la que muerde es la Policía o la Maña. ¿Que por qué sé tantas mamadas? Pus, güey, me gusta leer desde morrito. Punk, juda, pero con mis lecturas.

Eso compartía con la pinche Mijangos. Grandota, ruda, capaz de vaciar el clip de una Glock 9 milímetros en treinta segundos, pero siempre andaba leyendo un libro. Y oyendo metal.

Chingá, pinche Andrea.

Como sea, si algo he aprendido en esta chamba es a derribar mitos. Ni todos los tiras somos unos cerdos ni todos los malandros son unos desalmados ni todos los periodistas son mártires de la libertad de expresión ni todos los activistas pro derechos humanos son unas blancas palomitas. Pero todos ellos, eso sí, pueden (podemos) ser unos hijos de la chingada.

Pese a todo, al final del día esto, ser tira o malandro, es una chamba. Llegas a checar tarjeta, tienes hora de llegada pero no de salida. Sales a comer, la quincena nunca te alcanza, tu jefe te trae jodido… Un trabajo como cualquier otro.

En eso pensaba cuando llegué a mi escritorio en el Búnker, sobre el que varios expedientes se amontonaban. Cada uno, una historia violenta. Robos, asesinatos, estafas, traiciones. Una ciudad con dieciocho millones de historias. A mí me tocaba lidiar con las peores.

Me serví un café y caminé hacia mi lugar, saludando con un gruñido a todo el que se cruzaba por mi camino. Me senté, resignado a echarme un clavado en esa montaña de expedientes y órdenes de aprehensión que nunca mermaba. "Como Sísifo, pero en pinche", me dijo una vez la Gorda. La neta es que hice como que entendí pero sí tuve que googlearlo.

Abrí el primer fólder, di un trago al café, que era nauseabundo como siempre, y estaba a punto de comenzar a leer cuando un periódico cayó sobre mi escritorio como una bomba. Salté sorprendido.

—Lee la nota. En mi oficina en cinco —ladró entre dientes el capitán Rubalcava, mi jefe, y se siguió de largo sin voltear a verme.

En la Juda no hay rangos militares. Le decimos *capitán* porque estuvo en la Fuerza Aérea.

—Buenos días también para usted, jefazo —dije al aire. Él ya no estaba ahí. Al levantar la vista me topé con la mirada de un calvo barbón que me veía desde el escritorio de enfrente. Saludó tímidamente con la mano. ¿Cómo se llamaba? No respondí. Volví al periódico.

"¡SE LA DEJAN IR!", decía el encabezado, con la proverbial elegancia de la nota roja. No me sorprendió ver la nota firmada por Mario Cabrera, un veterano de los tabloides al que detestaba. Leí. Una colección de lugares comunes y adjetivos inflamatorios. Un publicista hallado muerto en una banqueta. En este país los muertos pesan más cuando tienen dinero.

Me levanté para ir a la oficina de Rubalcava. El viejo, normalmente afable, estaba de un humor de perros.

—Jefazo…

—Me caga que me digas así, Robles.

—Llamadme…

—Sí, ya, ya. La procuradora quiere atención inmediata al caso del publicista.

—Tengo atrasados treinta expedientes, jef…

—¿No hablas español, Járcor? Dije *inmediata*.

—Sí, señor.

Me lanzó un fólder de cartón, igual a los cientos que se amontonaban en todos los escritorios del Búnker.

—Ai'stá la carpeta de investigación.

—¿Pues de quién era hijo este gallo, jefe?

—El angelito estaba involucrado en un escándalo de corrupción que no se ha esclarecido. ¿Recuerdas aquella historia del Fideicomiso Mexicano del Jitomate?

Algo se remueve en el recuerdo. Un escándalo gordo sobre la asignación secreta de fondos federales para promover la imagen del secretario de… de… ¿era de Turismo? ¿O de Agricultura? Uta, no me acuerdo. Se asignó una partida secreta para promoverlo para la Presidencia de la República al mismo tiempo que se golpeaba en redes sociales al líder opositor. Todo se disfrazó como una campaña para vender jitomate mexicano en el extranjero. Al final alguien soltó la sopa. El asunto fue presentado por *Proceso* en un amplio reportaje que al secretario le costó la renuncia a la chamba y a sus aspiraciones políticas, aunque nunca se llegó al fondo del asunto. Como siempre sucede en México, un nuevo escándalo estalló a las dos semanas, opacando al anterior, y así sucesivamente.

—Ah, claro, ¿un desvío de fondos o algo así?

Rubalcava me miró en silencio.

—Algo así —dijo. Por su voz me di cuenta de que no tenía idea—. Como quiera que sea...

Ya sabía lo que me iba a decir.

—Lo quiere para ayer.

—¡Para antier, Robles!

Ruso: pre mórtem. Cuatro años atrás

Torre de acero y cristal en Santa Fe. Desde el ventanal, Cobo, Matías y el Ruso veían la ciudad extenderse infinita, envuelta en una bruma tóxica que desdibujaba el horizonte.

Casi una hora antes una secretaria espectacular los había recibido en esa oficina gigantesca sin identificación corporativa alguna. Los llevó a una sala de juntas faraónica. Tras ofrecerles café y agua, indicó que *el señor* estaba con otro equipo creativo, que estaría con ellos en un momento; se retiró contoneando las caderas y cerrando la puerta tras de sí.

—Joder —dijo por decir Cobo, el director de arte.

—*Cool down* —contestó Matías.

"En cualquier momento empieza de nuevo la guerra entre España y Cuba", pensó fastidiado el Ruso Gavlik, la mirada fija en la pantalla del iPhone, donde fisgoneaba la cuenta de Instagram de Sofía, su segunda exesposa.

La tensión entre sus dos socios, el diseñador español y el director de cuentas cubano, ya era insostenible. Desde hacía meses sólo se comunicaban con monosílabos, lo indispensable.

Que asistieran los tres a la junta era inusitado. El Ruso, que contenía las hostilidades entre los otros dos, no podía recordar la última vez que estuvieron sentados a la misma mesa.

Sin embargo, el prospecto de una cuenta como ésa anulaba todas las diferencias, al menos por unas horas. Habían sido invitados a concursar para obtener una cuenta de ensueño: promover para el gobierno, a través de un fideicomiso, el consumo del jitomate mexicano en los Estados Unidos, el Reino Unido y la Unión Europea.

Una cuenta de esas dimensiones implicaba mucho dinero. El oxígeno fresco que necesitaban para rescatar a la agencia de la inminente bancarrota: una serie de malas decisiones financieras los tenían al borde del abismo.

Después de firmar un contrato de máxima confidencialidad, que les impedía revelar ningún detalle, los tres socios de Bungalow 77 esperaban desde hacía cuarenta minutos para mostrar sus ideas de campaña al presunto cliente.

Veteranos de la publicidad, habían hecho cientos de presentaciones como ésa: explicaban la estrategia, mostraban al cliente dos o tres opciones para la campaña, con gráficos diseñados y videos de apoyo. Podían hacerlo con los ojos cerrados. No obstante, los problemas económicos de la agencia y las tensiones entre Cobo y Matías habían crispado el ambiente hasta ponerlos nerviosos como debutantes aquella mañana. Los tres entendían que el futuro de su empresa dependía de obtener esa cuenta.

—Que se toman su tiempo —dijo Cobo.

—Ya podías haberte puesto un traje, ¿no crees, Cobo? —Matías tenía ganas de pelear.

El español, ataviado siempre de bermudas y camisas a cuadros, puso cara de fastidio.

—Mati, ¡si mi cazadora vaquera es nueva! —protestó, jalando las solapas de su Levi's negra. La añeja discusión sobre su ropa databa desde que los tres trabajaban en Rochsmond RSG, gigantesca agencia de publicidad ahora desaparecida. El Ruso pensó que esa tensión entre creativos y ejecutivos de cuentas era de antigüedad casi bíblica.

Gavlik estuvo a punto de proponerles ir todos a comer al Puerto Nuevo cuando salieran de ahí; se contuvo, no estaba de ánimo para aguantar al viejo cubano ni al *forever* del gachupín.

—Llevamos mucho esperando. *What's wrong with these people?* —estalló Matías, mirando nervioso su reloj Omega Speedmaster.

—Ruso, Mati, si estos tíos demoran otros cinco minutos, larguémonos.

Gavlik iba a decir algo cuando las puertas de la sala se abrieron de golpe.

Se levantaron automáticamente.

Un hombre, cabello blanco cortísimo, ojos color zafiro, uno noventa, delgado. Traje de cashmere gris acero. Su voz sonaba como el crujir de las hojas secas al pisarlas. Entró seguido por cinco o seis personas que el Ruso supuso que lo asistían. Todos se sentaron del lado opuesto de la mesa, dejando un lugar libre.

—Caballeros, buenas tardes. Jesús Cornejo, mucho gusto. Les agradezco su paciencia...

Matías estaba a punto de incordiarlo.

—... pero la presencia del señor secretario era indispensable, y su agenda, muy complicada.

—¿El secretario de Agricultura? —el Ruso vocalizó la sorpresa de los otros dos.

El trío casi se va de espaldas al ver entrar al segundo hombre del gabinete: el hombre de confianza del presidente de la República y, para muchos, su sucesor natural.

—Señores, mucho gusto —dijo el hombre, tendiendo la mano a los tres para luego estrechar las suyas con vigor—, gracias por esperarnos.

—S-señor, *a privilege* —Matías estaba visiblemente nervioso.

—Debe quedar muy claro —dijo Cornejo, endureciendo su tono—: el señor secretario *nunca* estuvo en esta junta, ¿de acuerdo?

Confundidos, los Bungalow asintieron.

El secretario se sentó. Cornejo lo imitó, secundado por los publicistas y los asistentes.

—Pues bien, veamos qué armas portan —dijo el hombre del cabello blanco.

André tomó la palabra.

—Señores, revisamos con atención el *brief.* Entendemos la importancia de promover nuestro jitomate en el extranjero y hemos decidido lanzar una campaña muy agresiva...

Proyectaron con un cañón los animátics, mostraron sus gráficos y explicaron la estrategia de campaña con la sincronía de un ballet. André notó la expresión de aburrimiento, casi fastidio, en el rostro del secretario. Le comenzó a brincar el párpado de los nervios.

Cuando terminaron, el secretario y Cornejo se vieron con una expresión que los publicistas no lograron descifrar. Dijo Cornejo:

—Sí, sí, pero lo que realmente nos interesa es otro proyecto, digamos, paralelo a éste, para el cual no les dimos ningún *brief.*

Ahora fueron Matías, Cobo y el Ruso los que cruzaron miradas.

—¿Se refiere a...?

El secretario habló, ligeramente irritado:

—Queremos saber si pueden levantar la imagen del señor presidente. Necesitamos de todo el arsenal creativo que sean capaces de desplegar.

—¿Arsenal...? —Cobo no entendía nada.

—Twitter, Facebook, granjas de bots, videos en YouTube, manejo de crisis —abundó Cornejo.

Matías, el más veterano, tomó la pelota al vuelo:

—Señores, ¡desde luego! Somos expertos en ese tipo de campañas. Nosotros llevamos la estrategia digital de la gobernadora de Sonora —mintió. Volteó hacia el Ruso, entregándole la batuta. Con complicidad telépata, Gavlik retomó el discurso de ventas.

—Somos expertos en guerrilla digital —declaró.

—Entendemos que la imagen del señor presidente está muy mermada —abundó Matías. El secretario frunció el ceño, incómodo—; lo que necesita la Presidencia de la República es una estrategia global en redes sociales.

Cobo, tan talentoso como ingenuo, preguntó confundido:

—¡Coño! Pero ¿me estáis diciendo que la campaña para el Fideicomiso Mexicano del Jitomate… es una tapadera, una engañifa?

Todos callaron. Matías sintió que sus intestinos se anudaban. Gavlik deseó verter ácido sulfúrico en el escroto de su socio.

—Desde luego —contestó Cornejo con desparpajo.

—Lo verdaderamente importante de la campaña digital es promover la imagen del señor presidente de la República y, hum, mermar la popularidad de la oposición —indicó el secretario.

Silencio de nuevo.

—Sabremos retribuir generosamente su creatividad. Honorarios libres de impuestos, totalmente *off the record* —agregó el funcionario en un inglés perfecto.

—¿Generosamente? —repitió Matías en un susurro.

—Recursos *ilimitados* —dijo Cornejo.

—¿Ilimitados? —ahora fue Cobo.

—Ilimitados —remató el secretario.

Funcionarios y publicistas se miraron desde los extremos opuestos de la mesa.

—Creo —rompió Gavlik el silencio— que nos vamos a entender muy bien.

Biografía precoz (1)

No era un barrio bravo.

Todo lo opuesto, la mejor colonia de la delegación Iztacalco: la Militar Marte. Una zona arribista y pretenciosa rodeada de barrios populares. Sus habitantes, sin embargo, se sentían *de la jai*.

Casa heredada del abuelo. El papá, exburócrata de medio pelo, manejaba un taxi del suegro.

Los tres hermanos resentían la notoria diferencia económica con sus vecinos. En su cuadra, todos iban al CUM, la ULA o La Salle. Escuelas clasemedieras donde la gente vive el delirio colectivo de ser ricos.

Ismael y sus dos carnales, no. Ellos iban al Colegio de Bachilleres, sobre el Eje 3.

Todos sus vecinos los veían hacia abajo. "Jodidos", "muertos de hambre", murmuraba un grupito de fresas que se juntaba en su cuadra. Todos tenían coche. Güerillos. Los Robles eran los perdedores de la cuadra. Nietos de un teniente suicida. Hijos de un taxista mediocre por el que ellos mismos no sentían ningún respeto.

Cada mañana, el señor Robles salía por la puerta arrastrando los pies, lavaba su vochito mientras los hijos desayunaban y luego los llevaba al Bachilleres para irse a ruletear diez, doce horas seguidas; volvía hecho polvo por la noche a tumbarse en el sillón para ver el noticiero de Jacobo Zabludovsky, murmurando maldiciones.

La mamá, una mujer dedicada al hogar, se quedaba en casa viendo la barra matutina del televisor, fumando y bebiendo taza tras taza de un café tan negro y amargo como su destino.

Tres hermanos: Samuel, Ismael y Daniel. Apodados en la cuadra Hugo, Paco y Luis. Algún vecino nerd, más lector de cómic francés que de Walt Disney, intentó llamarlos los Hermanos Dalton, sin que su ocurrencia prendiera.

Al estudiar en el bacho, un hermano por grado, Samuel perdió su apodo, Ismael se convirtió en el Járcor y Daniel en el Gordo.

Samuel era un tipo callado. En el cuarto que compartían los tres, con una litera con cama deslizable debajo, ocupaba el nivel de en medio. Daniel, farol y mitotero, apeló a su derecho de hijo menor para usar la de arriba. A Ismael le correspondía la que se deslizaba debajo de la de Samuel, razón por la que prefirió dormir durante años en la sala.

Apenas descendían del taxi del papá, su núcleo familiar se fisionaba. Samuel se lanzaba al laboratorio de química, donde su profesora de ciencias, que estudiaba biología en la UAM Iztapalapa, le prestaba libros de Baudelaire y Leopoldo Lugones. Los leía fascinado al lado de matraces y torres de destilación. Daniel se dedicaba a jugar básquet pese a su corta estatura e Ismael a fumar mota con los punketas.

Volvían caminando a casa para ahorrarse el dinero del camión. Samuel tenía la fastidiosa encomienda de cuidar al par de cabrones hermanos menores que le tocaron en la lotería genética. Ellos aparentemente tenían la de incomodar al primogénito hasta la desesperación.

Los tres hermanos no podían ser más incompatibles:

Samuel era callado, tímido hasta lo patológico. Estudioso, dotado con mente numérica, taciturno y melancólico. Su único amigo era uno de los fresas que se juntaban en la cuadra, que vivía a unas cuantas calles. Se conocieron de niños, jugando en el parque. Mickey Güemes era un tipo tan simpático como fanfarrón. Hijo del dueño español de una panadería, compartía con Samuel la afición por el rock progresivo. Se juntaban en casa del gachupín a escuchar en su cuarto (¡tenía un cuarto para él solo!, ¡con todo y estéreo!) elepés de Pink Floyd y Rush que costaban cada uno lo que Samuel y sus tres hermanos recibían para sus gastos en un mes entero.

Ismael supo desde pequeño las desventajas de ser el hijo sándwich. Acaso por ello compensó con una simpatía sazonada con un carisma natural. Proclive a hacer amigos y atraído siempre por la sordidez, en el Bachilleres se hizo cuate de los punketas locales. Ellos lo invitaron al Tianguis Cultural del Chopo. La primera vez que circuló por ahí se deslumbró con las ropas y peinados estrafalarios de punks y darketos, descubrió las tocadas underground, el slam y la música hardcore: Black Flag, Minor Threat, Gorilla Biscuits, NOFX, Bad Religion...

Eso y leer *Las venas abiertas de América Latina* en clase de sociología forjó al joven Ismael; nunca se supo si para bien o para mal.

Se rapó el cabello, navajeó sus jeans y se agenció las botas militares del abuelo muerto. Se colgó al cuello una placa de vacuna antirrábica para perro y rayó con un marcador Esterbrook sus camisetas blancas con mensajes como "Sin dios ni amo", "Rock!", "Muera el estado opresor", "EZLN", "Allez-vous faire foutre les flics" (en francés, para evitar que los tiras le pusieran una madriza) y su favorita, "Güevos, putos".

La devoción religiosa por el punk le ganó su apodo en la escuela: el Járcor.

El menor de los hermanos, Daniel el Gordo... él sólo tomaba cerveza, jugaba básquet y leía *El Hombre Araña* y *La espada salvaje de Conan el Bárbaro*, que luego rolaba a sus dos hermanos, que los devoraban a escondidas con placer culpable.

Los tres se soportaban en estoica tensión, que cada tanto reventaba en peleas tan cortas como violentas. Usualmente

Samuel era el que apaciguaba los ánimos. Eran los otros dos los que solían agarrarse a trompadas.

No era una familia disfuncional.

Todo lo contrario, un grupo de extraños unidos por sus diferencias y separados por las similitudes. Tres tristes tigres destinados a tomar caminos separados una vez que se fueran de la sofocante casa paterna.

Al menos eso intuían hasta el día en que se organizó una fiesta en casa de Mickey.

—Ven —le dijo a Samuel.

—No mames, no.

—Ándale. Van a venir las amigas del Instituto Miguel Ángel de mis hermanas.

No era en ellas en quien pensaba Samuel, sino en Adriana, hermana del Mickey, un año menor que ellos. Ojos castaños, cabello jengibre. La que sonreía poco y hablaba menos. Adriana, con sus labios de cereza y uniforme de colegio de monjas bajo el que Samuel intuía vagamente las formas de un cuerpo femenino tan cercano e inalcanzable como la Luna. A la que nunca le dirigía la palabra más de lo indispensable pero que lo hipnotizaba. Sería la oportunidad de hablarle más relajado, quizás hasta de bailar un poco y…

Recordó a los *otros* invitados a la fiesta. Los fresas de su cuadra.

—Van a venir todos tus cuates, no mames, mejor no. Paso.

—Ándale, cabrón, no seas joto.

—Tengo que pedir permiso.

—Pos ya estuvieras —Mickey zanjó el asunto encendiendo un Marlboro. Ofreció uno a Samuel, que lo rechazó. Güemes había tapizado una pared de su cuarto con las cajetillas rojas. En esa casa todos fumaban, comían con vino y cerveza —aun los menores— y proferían todo tipo de maldiciones, peninsulares y mexicanas, en presencia de niños y viejos. En casa de los Robles se observaba disciplina militar y se practicaba una sobriedad asceta, excepto la mamá, que emitía humo con persistencia industrial.

—Mamá —dijo esa noche Samuel, durante la merienda—, el sábado hay una fiesta en casa del Mickey, ¿puedo ir?

Cayó un silencio sobre la mesa, únicamente se escuchaba al Gordo masticar su mollete.

La señora suspiró. Miró largamente al vacío, expresión de hastío en el rostro, melancolía infinita al responder:

—Sólo si llevas a tus hermanitos.

—¡Ay, mamá, no! Si de por sí somos los apestados de la Marte.

El Járcor y el Gordo miraron, expectantes. Nunca salían de noche, lo tenían prohibido.

—Los quiero de regreso a las once —remató la mamá y se levantó de la mesa, dejando a Samuel con la rabia atorada en la garganta—. Laven los trastes —ordenó desde la escalera, camino a su recámara.

El Gordo comenzó a reírse. Ismael dijo:

—Ni madre que voy con esos pendejos.

—¡No seas cabrón! Si no, no me dejan ir.

—¿Por qué tanto interés?— terció el hermano menor.

—Porque... porque... Mickey pone buena música.

—Ay, ¡no mames! —tronó el Járcor.

—Te gusta Adriana, ¿verdad, Samo? —añadió el Gordo.

Los dos hermanos menores se rieron al tiempo que Samuel enrojecía como amapola.

El señor Robles entró en ese momento, arrastrando los pies y su derrota.

—Muy buenas... —murmuró. Los hijos le contestaron con un gruñido. El papá fue directo al refri y hurgó en busca de algo que comer; sólo encontró sobras incomestibles. Sin decir nada, se sirvió un vaso de leche, tomó un plátano ennegrecido y subió hacia su habitación—. Que descansen, muchachos —por una vez no se sentó a ver el noticiero.

—Viene puteadísimo —dijo el Gordo.

—Ay, mi jefe —lamentó el Járcor.

—Bueno, ¿me tiran el paro o no, culeros? —insistió Samuel.

Se miraron en silencio.

—Güey, para esos cabrones somos como marcianos —dijo el Gordo.

—¿Marcianos? ¡Somos el pinche proletariado lumpen! —declaró el Járcor.

—Somos el asiento que queda en un vaso de destilación —lamentó Samuel.

—Por lo menos no somos taxistas… aún —remató Járcor.

Se miraron.

—¿Habrá pizza gratis? —preguntó el Gordo.

Rompieron en una carcajada amarga.

El sábado, vestido con su mejor camisa, Samuel caminó las cuatro calles que separaban su casa de la de los Güemes, escoltado por sus dos hermanos menores. "No hagan pendejadas, culeros", advirtió antes de salir.

La expresión agria del Mickey fue evidente al momento de abrirles la puerta.

—Era… sin Samuel, amigos —bromeó con un rictus congelado en el rostro.

Los dejó pasar a regañadientes a la sala, donde ya sonaba "We Didn't Start the Fire", de Billy Joel.

—Mta madre —dijo el Járcor al oír la música. Samuel le dio un codazo.

Al entrar les cayó una lluvia de miradas entre sorprendidas, burlonas y de franca desaprobación. Samuel recordaría el resto de su vida la expresión de asco con la que Adriana observó a los tres hermanos Robles.

La sala, tapizada de madera, había sido despejada para improvisar una pista de baile. Mickey bajó el estéreo de su cuarto y alternaba música con la tornamesa familiar a través de una mezcladora. Llevaba puestos unos lentes oscuros a pesar de que eran las ocho de la noche y bailoteaba solo; sostenía unos audífonos enormes sobre su oído izquierdo al tiempo que colocaba discos con la otra mano.

Sus hermanas y varias amigas bailaban de un lado. Todas alumnas de colegio de monjas, vestidas con faldones y suéteres holgados de colores pastel. Los amigos del CUM de Mickey y sus vecinos fresones estaban al otro extremo, atisbando a las chicas entre fumada y fumada. Todos peinados con litros de gel fijador.

Todos, menos los hermanos Robles. Se instalaron a un lado de la mesa del comedor, arrimada a la pared para hacer espacio y sostener botanas y bebidas.

Había papas fritas y chicharrones de harina. Botellas de Coca-Cola, Squirt y una olla en la que dos de los vecinos de los Robles vaciaban botellas de Coca y de Bacardí, para luego añadir hielo.

Circularon vasos de plástico con cubas, al tiempo que todo mundo encendía Marlboros y Camel. Las chicas fumaban Benson mentolados.

Samuel se paralizó, incapaz de acercarse a Adriana, que estaba a un par de metros de él. Ella bailaba "Me colé en una fiesta" de Mecano con torpeza adolescente, sublime a los ojos de Samuel. Alguien lo arrancó de la contemplación ofreciéndole una cuba; la rechazó.

Volteó a ver a sus hermanos. El Gordo daba cuenta de una charola de sándwiches con la voracidad de un náufrago. El Járcor, cruzado de brazos, sostenía una expresión de furioso hastío.

Samuel se acercó a los amigos de Mickey, tratando de no parecer un *freak* como ellos.

—Sí, güey, así está la onda. Salinas está privatizando todo. Como debe ser —sabihondeaba un tipo al que Samuel jamás había visto.

—¿Y quién crees que vaya a ser el bueno? —preguntó Martín, un güerillo vecino de los Robles que estudiaba en La Salle y manejaba un Volkswagen Corsar.

—No sé, güey, faltan dos años; yo me inclino por Pedro Aspe.

—Sospecho que Salinas buscará a uno más político y menos tecnócrata —intervino Samuel, que leía completa la *Proceso* que compraba su papá todas las semanas.

45

Los dos fresas voltearon a ver a Samuel con cara de asco.

—Sí, güey, nomás que es nuestra conversación.

El hermano mayor no supo qué contestar. Se quedó asombrado ante la grosería, dio media vuelta y caminó hacia Adriana, que ahora bailaba sola "U Can't Touch This" de MC Hammer.

Tuvo que hacer acopio de toda la rabia acumulada, las humillaciones, las carencias, el desprecio por su padre, el desapego deprimido de su madre, las burlas de sus hermanos menores para tomar impulso y aproximarse a Adriana con el aplomo suicida con que Lanzarote besó a Ginebra para bailar frente a ella con gracia y garbo, ante la mirada sorprendida de sus hermanos y su propio azoro.

Como poseído por un demonio, Samuel se retorció frente a Adriana con obscena flexibilidad, las bocinas vomitando "Personal Jesus" de Depeche Mode. Aterrada, la hermana de Mickey imitó con torpeza los movimientos de Samuel, en un intento estéril de seguir sus pasos.

Durante un instante [*¡Detente, eres tan bello!*] Samuel se perdió en las pupilas castañas de Adriana, apenas consciente de que ella misma naufragaba en sus ojos moros de cejas negrísimas.

En esos segundos eternos [*puedes atarme con cadenas que me hundiré gozoso*], cuando la sonrisa se replicó en el rostro de Adriana, el mayor de los hermanos Robles sonrió pleno, sabiéndose dueño del mundo durante un suspiro.

La certeza de victoria fue total al empezar los primeros compases de "Let's Get Rocked" de Def Leppard: frunció los labios en una flor compacta que aproximó al rostro de Adriana, quien ya se acercaba hacia él con el mismo anhelo descontrolado.

Su reino se disipó igual que una burbuja cuando a milímetros de besar a Adriana la voz de su hermano Ismael ("¡Bueno, ¿qué pedo, pendejo?!") lo arrancó de la fugaz utopía.

Samuel, que lamentaría hasta morir de cáncer en 2058 no haber besado esa noche a Adriana, volteó instintivamente hacia donde el Járcor discutía con el par de imbéciles que minutos antes lo habían humillado.

—Pérame —le dijo a Adriana para ir hacia donde los dos fresas acorralaban a Ismael contra un rincón de la casa.

—¿Qué pasó? —preguntó, abriendo las manos en gesto interrogatorio.

—Este pendejo —contestó el que se las daba de experto en política.

—¡¿Qué tiene?! —apenas vio a su hermano, entendió: Ismael se había quitado la sudadera negra que cubría su playera blanca, en la que había escrito *Güevos putos* con marcador.

—¡Ésta es una casa decente, güey, quítate eso! —ladraba el segundo tipo, Martín, al Járcor.

—Quítamela, güey —desafió el Járcor.

—Sí, Samuel, qué pedo, dile a tu hermano que se la quite o se largue de mi casa —sentenció Mickey, que interrumpió la música. El Gordo observaba la escena con un sándwich en la boca.

—¡Gordo, Járcor! ¡Vámonos a la chingada! —tronó Samuel con la voz de un soldado que podría dar órdenes a un dios.

Los tres hermanos enfilaron hacia la puerta envueltos en el silencio y las miradas de rechazo. "¿Quién invitó a éstos?", dijo alguien. Samuel miró por última vez a Adriana, asintiendo una despedida que ambos supieron definitiva a sus diecisiete y dieciséis.

La historia hubiera quedado en una más de las humillaciones acumuladas por los tres hermanos en su adolescencia, archivada en el olvido de no ser por el amigo sabihondo de Mickey, que murmuró a su paso:

—Muertos de hambre.

En una ráfaga, el Járcor dio media vuelta, se aproximó a él, le reventó la nariz de un cabezazo y salió corriendo tras de sus dos hermanos, que lo esperaban en la calle.

Ninguno de los Robles dijo nada. Corrieron uno al lado del otro, intuyendo que (*a*) la sangre que goteaba por la frente del Járcor no era de él y (*b*) los de la fiesta no se iban a quedar cruzados de brazos.

Lo supieron de cierto al escuchar detrás de ellos el rechinido de llantas que arrancaban para alcanzarlos.

—¡Por el retorno! —indicó Samuel para cortar por una vía peatonal; en vano: sus perseguidores sabían cuál era su casa.

—Ya valió madres, ya valió madres, ya valió madres... —repetía el Gordo como un mantra, a la retaguardia del trío.

Alcanzaron el zaguán de su casa agitados. No habían recuperado la respiración cuando se vieron iluminados por los faros de varios autos de los que descendieron Martín, el de la nariz rota, y el resto de los amigos.

Samuel supo que entrar a casa les cimentaría para siempre fama de cobardes. Tácitamente decidieron quedarse fuera.

—¡Te voy a partir la madre! —sonó "De voa bardir da badre" en voz del de la nariz rota, en cuyo pecho escurría una flor roja.

—¡¿Tú y cuántos más, pendejo?! —desafió aún el Járcor.

Los tres hermanos vieron aproximarse a ellos unos quince sujetos.

—Ni pedo —dijo el Gordo, apretando los puños.

—¡¿Qué pasa aquí?!

Todos voltearon hacia donde provenía la voz cascada del señor Robles, que descendía de su taxi. En medio de la noche sonó con una autoridad que sus hijos desconocían. Se abrió paso a empujones entre los atacantes para unirse a sus hijos.

—Nos van a reventar el hocico, papá —dijo Samuel sin despegar la vista de Martín y sus amigos. El viejo miró a los tres. Volteó hacia los invasores, dejó caer su chamarra al piso. Levantando los puños declaró:

—No se van a ir limpios los hijos de la chingada.

Los fresas avanzaron hacia el taxista y sus hijos. Aunque los cuatro pelearon como animales, quedaron tendidos sobre la banqueta, aunque ensangrentados, victoriosos en la derrota. Sus atacantes se fueron bastante maltrechos.

Nunca nadie se atrevió a volverlos a llamar "jodidos" al pasar.

Muchos años después, ya muerto el papá por un cáncer linfático, y sin decírselo uno al otro, cuando Samuel se había doctorado en Ciencias, Ismael era coordinador regional de la Policía de Investigación de la Procuraduría y el Gordo atendía una cerrajería en el garaje de la casa paterna, ese mismo donde los habían tundido a golpes, los tres hermanos Robles recordarían emocionados aquella noche en que pelearon como un clan vikingo.

La noche en que el señor Robles recuperó el respeto de sus tres hijos.

Jorge

Vio al hombre fuera del bar, sobre la calle de Tamaulipas, maldiciendo hacia su teléfono celular.

Deslizó el auto hasta él, bajó la ventanilla del pasajero y dijo con su tono más amable:

—¿Servicio de taxi ejecutivo, caballero?

El aludido volteó a ver a Jorge, la mirada nublada por el trago. Ligeramente despeinado, la camisa desfajada.

—Eh… sí, sí, muchas gracias. Justo le decía a mi novia que necesitaba pedir un Uber pero me acabo de quedar sin pila —señaló el aparato—. Siempre me pasa —se quejó con voz beoda.

—No se preocupe, joven, para eso estamos.

Subió al asiento trasero del Honda Civic color cereza. Cerró la puerta y bajó la ventanilla.

—Vamos a Miramontes y Las Bombas —indicó, arrastrando las palabras.

—Cómo no. ¿Una botellita de agua, joven?

—Muchas gracias. Ya casi nadie las ofrece —la tomó y la vació en dos tragos.

Al volante, Jorge sonreía.

Los de Vigo

El Piquito de Oro es una cantina en la colonia Doctores donde cae a chupar media Procuraduría. Un charco discreto donde también se arregla todo tipo de negocios, limpios o no, amparados por la discreción (al menos frente a los externos) de Félix, cantinero gallego de edad indefinida, al que siempre le cargamos calor con la fama de brutos de sus paisanos.

—Estáis equivocaos —nos dijo una vez a la Gorda y a mí, que echábamos unas chelas—, la gente que tiene fama de bruta en la Madre Patria no er de toda Galicia, er la de Vigo.

—¿Y de dónde eres tú, Félix? —preguntó Mijangos.

—De Vigo.

También es un lugar para nuestros rituales. Ahí se festejan aprehensiones, ascensos o cierres de casos complicados. Varios judas hicieron ahí sus despedidas de solteros, y se cuenta que en los tiempos de Espinosa Villarreal, veteranos como el Seco Ponce y sus camaradas cerraban El Piquito por días y días en fiestas demenciales.

En El Piquito se come delicioso: unos pulpos que te quedas pendejo, caldo gallego, churrasco, callos… uf. Por eso es uno de nuestros preferidos para las celebraciones.

Como hoy, que mi compañero de patrulla, el Tapir Godínez, dejaba la Procu para irse a trabajar al área de seguridad de Banco Santander.

—¡Ése mi Járcor! —gritó el Tapir cuando entré a la piquera. Llegué tarde, no tenía muchas ganas de ir a la comida y me extendí en mis pendientes lo más que pude.

Eran las cuatro y los asistentes ya estaban todos a medios chiles. Me llevaban muchos tragos de ventaja.

Caminé hacia el Tapir. Nos dimos un abrazo de Acatempan. Nunca terminamos de congeniar. Después de Mijangos, nunca me volví a acomodar con ninguna parejita, en el mejor sentido de la palabra.

Y en el peor también.

—Te voy a extrañar, Godínez —mentí. Sólo había ido por cumplir. No tenía la menor intención de quedarme a beber con ellos.

—Hicimos buena dupla, Jar —ahora el mentiroso fue él. Se hizo un silencio incómodo entre los dos. Bajó la mirada, yo saqué mi teléfono como para revisar algo—. ¿Ya tienes nuevo compañero de patrulla? —preguntó por hacer plática. Claramente quería volver a su mesa y yo, salir de ahí.

—Aún no. Desde ayer, el viejo Rubalcava anda vuelto loco con lo del publicista. La procuradora está sobre nuestra nuca. La prensa, enloquecida.

—Ya vi. Piden la renuncia de la gobernadora.

—Siempre. Pero se la pelan.

—Pinche chairo.

—Cálmate, fifí.

Nos sonreímos. Creo que nunca lo habíamos hecho con esa sinceridad.

Le ofrecí un apretón de manos.

—Buena suerte, cabrón.

Estrechó mi diestra. Nos fundimos en un abrazo, palmeándonos las espaldas. No pude evitar recordar que la costumbre provenía del ritual romano para explorar si el otro ocultaba algún arma traicionera.

—Buena suerte, mi Tapir.

—Lo que se te ofrezca, hermano.

No imaginaba lo pronto que iría a buscarlo para pedirle un favor cuando el Seco Ponce apareció en la puerta de El Piquito de Oro. El único sobreviviente de una generación de artilleros kamikazes ahora convertido en una sombra, emisario de un pasado que se negaba a desaparecer y que a veces, comparado con estos tiempos violentos, yo añoraba.

—¡Robles! —me llamó por mi apellido, con su voz cavernosa, cascada a fuerza de fumar Delicados sin filtro durante cincuenta años.

—¿Señor? —algo en su voz me impuso respeto, pese a ser su superior desde hace varios años. Acaso ahí lanzó su último resquicio de dignidad. Todos debieron notarlo, porque se hizo un silencio en El Piquito. Todos nos observaban.

—Te busca Rubalcava.

—Acabo de salir franco.

Me miró con furia resignada.

—Te busca Rubalcava —repitió, dio la vuelta y salió arrastrando los pies. En el diccionario, al lado de la palabra *derrota* debe venir una foto suya. Todos nos quedamos viendo el vacío que dejó en la puerta. Hasta Félix.

Salí sin despedirme de nadie.

Something's missing

CLIENTE: Fideicomiso Mexicano del Jitomate
AGENCIA: Bungalow 77
CREATIVO: André Gavlik
TV: 40"
VERSIÓN: Mariachis en Los Ángeles

Interior, día. Sala de un hogar norteamericano.
Un hombre, DAN, *mira la televisión. Se escucha*
la narración de un juego de la NFL. *Lleva una*
cerveza Corona en la mano. Una rubia, SHEILA,
entra a cuadro con un bowl de guacamole y toto-
pos. Se indican los diálogos en inglés, con la
correspondiente traducción en subtítulos.

SHEILA: How's the game? [¿Cómo va el juego?]

DAN (*con tono aburrido*): Just fine… [Ahí va.]

DAN *toma un totopo con guacamole, se lo lleva a*
la boca. Escuchamos el ¡crunch! *cuando lo muerde.*

DAN: You know? This guacamole's kinda dull.
Like, it's missing something, I dunno. [¿Sabes?

Este guacamole está aburrido. Como que le falta algo, no sé.]

CORTE A:
Exterior, día.
Escuchamos "Freaks" de Timmy Trumpet. Vemos a
un jitomate mariachi generado por CGI tocar la
trompeta en la puerta de la casa al tiempo
que cae confeti y serpentinas rojas, blancas y
verdes.

CORTE A:
Interior, día.
Vemos un conjunto de jitomates mariachis entrar
a la casa. Adentro, todo se convierte en una
fiesta mexicana. Uno de ellos va a la cocina con
SHEILA, pica jitomates en una tabla de cocina y
se los añade al guacamole.

CORTE A:
Sobre un fondo verde vemos caer en cámara lenta
jitomates rojos entre un splash de agua cris-
talina. Disolvencia a rodajas jugosas de jito-
mates para disolver de nuevo a una lluvia de
cubitos de jitomate.

CORTE A:
Volvemos a la sala donde ya DAN tiene un bigo-
te y sombrero, carrilleras y traje de charro.
SHEILA le ofrece de nuevo el guacamole, esta vez
enrojecido con los jitomates. Vuelve a comerse
un totopo. Ahora el ¡crunch! retumba y cimbra
la casa. DAN profiere un grito de mariachi.

DAN: ¡Ajajajaaaaay!

Vemos a SHEILA transformada en una Frida Kahlo rubia, bailando con los jitomates músicos.

DAN (a la cámara): Mexican tomatoes! This is what's missing! [¡Jitomates mexicanos! ¡Esto era lo que faltaba].

CORTE A:
Interior, día.
Toma general de la sala, un bullicio. DAN y SHEILA bailan con los jitomates. La escena sale de foco al tiempo que aparece un súper que el locutor lee:

VOICE OVER: Mexican Tomatoes! Just when you thought guacamole couldn't get any better. [Jitomates mexicanos. Cuando pensabas que ya no podías mejorar el guacamole.]

Abajo, a la izquierda, entra a la pantalla uno de los jitomates mariachis, que guiña un ojo a la cámara al tiempo que el logo del Fideicomiso Mexicano del Jitomate aparece a la derecha, antes de disolver a negros.

De la columna "Vida Pública", del periódico *Milenio*

La muerte tiene permiso. Está desatada.

Nuestra maltrecha ciudad se está convirtiendo en un camposanto. Aterra la idea de que todos los días amanezca alfombrada de cadáveres, como sucedió antier en una de sus jornadas más violentas.

En ella destaca el hallazgo del cuerpo sin vida de André Gavlik.

Lo anterior lamentablemente se ha convertido en algo cotidiano, apenas una cifra más en las estadísticas de violencia. Sin embargo, este caso es más conspicuo. El nombre quizá no le diga nada, mi amigo; no obstante, hace algunos meses estuvo vinculado al escándalo que envolvió a la agencia de publicidad Bungalow 77.

Ese nombre seguramente le será más familiar. Se trata de la agencia de publicidad que estuvo vinculada al Pinto, zar del narcotráfico abatido por la Marina en los últimos meses del gobierno anterior. Presuntamente, el capo se acercó a esta empresa para emprender un demencial *blanqueamiento* de su imagen pública.

Si bien lo anterior no ha podido confirmarse, el mismo grupo creativo estuvo vinculado a un oscuro asunto de desvío de fondos federales destinados a la promoción del jitomate mexicano en Europa y los Estados Unidos.

¿Lo recuerda ahora? Según una investigación de la revista *Proceso*, la agencia de marras funcionó como la tapadera para una partida secreta del Gobierno Federal, dedicada a la promoción en redes digitales de la figura presidencial.

Los testimonios recabados por el reportaje indicaban que la asignación de recursos no sólo era discrecional, sino que aparentemente —todo esto no se ha podido confirmar o negar— también era *ilimitada*.

El escándalo fue opacado por las elecciones y el aplastante triunfo electoral de la oposición; sin embargo, la Unidad de Inteligencia Financiera y la procuraduría local mantienen abierto el expediente que investiga a la agencia hasta el día de hoy. El asunto revivió con la muerte sorpresiva de Matías Eduardo, director de cuentas de Bungalow 77, fallecido de manera inesperada en un hospital privado del poniente de la ciudad en oscuras circunstancias. Un hombre perfectamente sano, metido en el ojo del huracán, llegó al nosocomio con lo que parecía una peritonitis para abandonarlo dos días después en el interior de un féretro.

Las sospechas que penden sobre Bungalow 77 se agudizan ahora con el deceso de Gavlik, hallado muerto la mañana de ayer en una banqueta de la colonia Del Valle. El cuerpo no mostraba señales de violencia.

Gavlik fungió como director creativo de varias exitosas campañas, incluida la de promoción para el Fideicomiso Mexicano del Jitomate (Fimeji), la tapadera de la operación digital que incluyó granjas de bots y el pago a *influencers* para favorecer la muy golpeada imagen del expresidente.

Los últimos meses, tras la muerte de Matías Eduardo, el asunto se diluyó de la atención nacional en medio de la vorágine informativa.

¿Están ambas muertes relacionadas? Tendrán que dilucidarlo las autoridades, porque ambos publicistas se llevaron la respuesta a la tumba.

Soriano

—¿Quería verme, jefazo?

Tumbado en su silla, con los pies sobre el escritorio, el capitán parecía un retrato de Lázaro Cárdenas, derrotado. En su oficina, de pie al lado del escritorio, estaba el agente que se sentaba frente a mí, cuyo nombre no recordaba.

Sin decir nada, el jefe me lanzó el *Milenio* del día.

—Página ocho —dijo con un hilo de voz.

—¿Qué pasó, capitán? ¿Ya anda leyendo al Jefe Diego? Ya ni la chinga, lo consideraba un policía serio.

—"Vida pública." La columna del Negro Aguilar.

La leí, sintiendo cómo el estómago se me anudaba.

—Capitán, estoy esperando el resultado de la necropsia.

—Mándale el asunto a Prado.

El doctor Prado, médico patólogo con cuarenta años en el Instituto de Ciencias Forenses, antes conocido como Semefo, era una lumbrera.

De mente aguda, había resuelto literalmente cientos de casos en la plancha, abriendo cadáveres. Cuando llegué a la Corporación ya era una leyenda. En aquellos años le decían el Quincy Prado. Años después le quisieron apodar *Doctor House*, pero el mote no prendió; éste era un tipo huraño y tanto o más certero que el personaje televisivo, pero jamás patán.

Por supuesto, *todo mundo* quería mandarle sus fiambres a Prado. Lo notable era que pudiendo cobrar por tomar los casos, acá una corta feria por debajo del agua, él decidía cuáles le interesaba revisar. Lo único que te aceptaba a cambio era que le invitaras un café. Un tipo notable, genio loco de la medicina forense que nos iba a hacer mucha falta cuando se jubilara.

—¡Se lo mandé, capitán! ¿Qué cree, que soy pendejo?

—Ya te lo dije, Robles. Eres mi pendejo favorito.

—Yo también lo aprecio, capitán.

—Y métele presión, Járcor. Tengo a los cabrones de Comunicación Social de la procuradora chingue y chingue, que si ya tenemos algo.

—Dígale al Ministerio Público que me tire el paro con la orden de aprehensión. Sin ella, estoy atado de manos.

Respondió con un gruñido. Adorable, el viejo.

—¿Me puedo retirar, jefe? Además de su caso urgente, tengo los éxitos de la semana que se han ido acumulando.

—Sí, sí —me despidió con un manoteo.

Di media vuelta cuando escuché a alguien carraspear. Hasta ese momento Rubalcava y yo reparamos en el hombre que todo el tiempo nos había estado observando a un lado del escritorio. Era como si se hubiera fundido con el fondo, camuflado.

—Eeeh, Robles, te presento a tu nuevo compañero de patrulla —dijo el capitán torpemente.

Nos miramos. Un tipo robusto, calvo, barbado, de lentes. Algo en él me recordó a Santiago, el hermano de Mijangos. Alargó la mano en un saludo y dijo con tono suave:

—David Soriano. Mucho gusto.

Estrujó mi mano en un apretón que no esperaba tan fuerte.

—Ismael Robles. Puedes decirme Járcor, como todos estos cabrones.

—El legendario Járcor —respondió.

—Aquí el Oso fue pareja hasta hace poco del Gordo Fernández —dijo Rubalcava.

Pude ver que el apodo le molestaba a Soriano.

—Ahora que se va el Tapir y que Fernández causó baja por reprobar el examen de confianza, queda reasignado contigo, Járcor. Ya te mandaron el oficio pero nunca contestas.

—Jefe, ando en chinga.

—Es todo, Robles.

—Bienvenido —dije por completar el ritual.

Un compañero de patrulla es, literalmente, tu pareja. Es fundamental tener buena química. Llevarse mal con él o ella puede costarte la chamba. O la vida.

Antes y después de Mijangos no había tenido buenas experiencias. Con el Tapir había llevado una relación muy tensa.

Alguna vez, en una borrachera en El Piquito de Oro, el Tapir le confesó a bocajarro a Félix:

—Es que el pinche Járcor y yo nos la pasamos compitiendo... sólo que él no se da cuenta.

El pinche gachupas chismoso me lo contó muerto de risa.

Cuando tienes compañero nuevo es un albur. Esperas lo mejor, previendo lo peor.

—Soriano, acabo de salir franco...

El jefe carraspeó, señalando con la mirada el periódico que me había dado a leer.

—... nomás voy a Periciales, me echo una torta y nos vemos después de comer para repasar las carpetas de investigación.

El Oso asintió. Salí sin despedirme.

Si no me cayeras tan bien

—¿Dónde me vas a invitar a comer hoy? —pregunté al aire, metiendo la cabeza en el cubículo de León, en Periciales.

—Yo invité la última vez —ni siquiera levantó la mirada de su teléfono celular.

—¡Cálmate, cabrón! La única vez que me has invitado algo en tu perra vida fue un refresco y lo compraste en la tiendita de la esquina. Un Pascual Boing de mango, me acuerdo.

Levantó la mirada, riéndose con aquella carcajada entrecortada que me hacía pensar en las bocanadas de un pez que se ahoga fuera del agua. Apenas me vio, se puso serio.

—¡Cabrón! ¿Qué te pasó? Te ves puteadísimo.

—No mames, tengo al pinche Rubalcava y a la procuradora sobre mis güevos.

Dejó su teléfono sobre el escritorio. Me miró fijamente, con su cara inexpresiva de indio piel roja de película de vaqueros.

—Mira, pinche Járcor, si no me cayeras tan bien ya te habría mandado a chingar a tu madre.

—Me mamas, pendejo.

Me señaló con el dedo índice.

—Nomás por eso te voy a invitar un arroz del Baby Face, para que te alivianes. Estamos apenitas a tiempo para no hacer fila.

Veinte minutos después nos sentábamos en la barra de un puesto de lámina, atendido por un exluchador que preparaba yakimeshis con los ingredientes menos japoneses posibles.

—¿Quihóbole, mi Jar? ¿Salen dos para comer aquí? —me saludó el Baby.

—Simón, nomás que ora paga éste —dije señalando a León.

—Al fin que el doc es millonario —dijo el exluchador.

—La pinche madre del Járcor es millonaria —respondió Leo.

—Era, güey, con la Cuarta Transformación ya hasta las putas están arruinadas —me adelanté.

Nos reímos los tres. El Baby Face nos hizo un espacio en la barra y puso sobre ella dos refrescos, cortesía de la casa.

—Ora, mi Doc, para que no se arruine por andar de espléndido.

Los arroces olían delicioso. Una mujer que poco tenía de asiática vertió un chingadazo de aceite sobre la plancha, dejó caer el arroz cocido entre chorros de salsa de soya y Sriracha, luego añadió camarones, nopalitos, huevo frito, trozos de chuleta ahumada, chorizo y revolvió todo hasta convertirlo en un delicioso híbrido cultural que repartió en dos platos gigantes que puso ante cada uno de nosotros.

—No cabe duda que el lípido sabe qué pedo —dijo León antes de atacar su guiso. Lo imité en silencio.

—No mames, qué delicia.

—Mjm —gruñó León. La señora agradeció con la cabeza.

Mientras tanto, ya una pequeña multitud se congregaba alrededor del puesto del Baby.

Íbamos a la mitad de nuestros platos cuando el Oso Soriano llegó al puesto.

—¡Járcor! ¡Te ando buscando!

—A la fila, cabrón —ladró alguien.

—No viene a comer, no esté chingando —dije en mi mejor tono policiaco.

—¿Y éste? —preguntó León.

—Es mi nueva parejita. ¿Qué pasó, Soriano? —pregunté.

—Llamó el doctor Prado, que ya está el resultado de la ne-cropsia —al decir esto, la gente que estaba comiendo alrededor de nosotros puso cara de asco—. Te acababas de salir. Me pareció importante y te fui a buscar por todo el Búnker y en Periciales, luego me acordé que me dijiste que ibas a comer y...

No lo dejamos completar la frase. Mi amigo pagó en silencio y salimos disparados a la oficina.

Manca qualcosa

CLIENTE: Fideicomiso Mexicano del Jitomate
AGENCIA: Bungalow 77
CREATIVO: André Gavlik
TV: 40"
VERSIÓN: Mariachis en Milán

Interior, día. Sala de un departamento italiano decorado con muebles de diseño. Al fondo, en un ventanal, se ve Il Duomo, la catedral de Milán. Un hombre, LUCA, se sirve una pasta de color naranja. Una mujer, GIULIA, entra a cuadro con una botella de vino y una hogaza de pan. Se indican los diálogos en italiano, con la correspondiente traducción en subtítulos.

GIULIA: Come va la pasta? [¿Cómo está la pasta?]

LUCA (con tono aburrido): Così, così... [Más o menos.]

LUCA sirve una copa de vino, enrolla un poco de pasta en su tenedor y se lo lleva a la boca. Sorbe los spaghetti, al hacerlo escuchamos un ¡Slurp!

DAN: Lo sai? Questa pasta è un po 'noiosa. Mi manca qualcosa. Non lo so. [¿Sabes? Esta pasta está un poco aburrida. Le falta algo, no sé.]

CORTE A:
Interior, día.
Afuera del departamento, en el pasillo, vemos una mano enguantada como la de Mickey Mouse tocar el timbre. LUCA y GIULIA se miran, confundidos. Ella abre. Escuchamos "Freaks" de Timmy Trumpet. En el umbral, un jitomate mariachi generado por CGI toca la trompeta al tiempo que caen confeti y serpentinas rojas, blancas y verdes.

CORTE A:
Interior, día.
Vemos un conjunto de jitomates mariachis entrar al departamento. Adentro, todo se convierte en una fiesta mexicana. Uno de ellos va a la cocina con GIULIA; ponen a hervir jitomates.

CORTE A:
Sobre un fondo verde vemos flotar jitomates entre burbujas. La imagen disuelve a los mismos jitomates, ya sin cáscara. Caen junto con dientes de ajo, pimienta, sal, un chorro de aceite de oliva y hojas de albahaca. Vuelve a disolver para convertirse en un chorro de salsa italiana.

CORTE A:
Volvemos a la sala donde ya LUCA tiene un bigote y sombrero, carrilleras y traje de charro. GIU-LIA le ofrece otro plato de pasta, esta vez enrojecido con los jitomates. Vuelve enrollar los spaghetti en el tenedor y se los lleva a la boca.

Ahora el ¡Slurp! retumba y cimbra el departamento y hasta la catedral, al fondo, retiembla. LUCA profiere un grito de mariachi.

LUCA: ¡Ajajajaaaaay!

Vemos a GIULIA transformada en una Adelita italiana, bailando con los jitomates músicos.

LUCA (*a la cámara*): Pomodori messicani! Questo è ciò che manca! [¡Jitomates mexicanos! ¡Esto era lo que faltaba].

CORTE A:
Interior día.
Toma general de la sala, un bullicio. LUCA y GIULIA bailan con los jitomates. La escena sale de foco al tiempo que aparece un súper que el locutor lee:

VOICE OVER: Pomodori messicani! Propio quando pensavi che la pasta non potesse andare meglio! [¡Jitomates mexicanos! ¡Cuando pensabas que ya no podías mejorar la pasta!]

Abajo, a la izquierda entra a la pantalla uno de los jitomates mariachis, que guiña un ojo a la cámara al tiempo que el logo del Fideicomiso Mexicano del Jitomate aparece a la derecha, antes de disolver a negros.

Biografía precoz (2)

No era una chica fea. Todo lo opuesto. Ojos moros, cabello negro, sedoso, llena de tatuajes. Una princesa *dark*.

La conoció en una fiesta en casa del Chango Lamadrid, su amigo punk del Colegio de Bachilleres, que se había inscrito en Derecho en la UAM. El Járcor estudiaba Ciencias de la Comunicación.

Varias bandas, incluyendo la del Chango y el Járcor, iban a tocar en una tarima improvisada. Se cobraba la entrada, cincuenta nuevos pesos, al gigantesco patio de la casa que la familia Lamadrid tenía en Iztapalapa, muy cerca de la Autónoma Metropolitana.

La banda del Chango y el Jar eran los estelares, Los Perros Negros que Sueñan sin Dormir, cuarteto punk orgullosamente Iztapalapaiztacalcoense, con el Chango al bajo y el Járcor en la batería y voz.

"Pinche nombre largo y mamón", les decía todo mundo.

"Tú, cabrón, que nunca has leído más que el *Memín Pingüín*", replicaba invariablemente el Jar.

También invariablemente todo mundo se refería a ellos como Los Perros, nombre compartido con aproximadamente otras cuatrocientas agrupaciones punk, sólo en la zona oriente de la Ciudad de México.

Casi todas las bandas habían desfilado ya por el escenario, cada una intentando berrear con más furia que la anterior. El jardín, repleto de adolescentes sin futuro, olía a mota, sudor y cerveza.

Los Huevos Podridos despedazaban "Rock the Casbah" en la tarima. Un bafle se había tronado sin que al público pareciera importarle. La banda bailaba slam en el centro del predio. Ya había varios heridos.

Nervioso, como siempre que estaba a punto de tocar, el Jácor se acercó a la mesa donde dos chicas vendían cervezas. Una era Leslie, la hermanita del Chango —igual de antropoide que el hermano y que al paso de los años se convertiría en historiadora—, la otra era una darketa preciosa a la que el Jar nunca había visto, tan fuera de lugar en una tocada punk como un esqueleto de diplodocus en el Museo de Arte Moderno.

—Dame una chela —ordenó a la morra.

—¡Ay, míralo, qué güevos! —contestó ella.

La inminencia de subirse a tocar envalentonó a Ismael.

—¡Ah, chingá! ¿Qué no sabes quién soy?

Acostumbrado a su estatus de rock star en el mundillo *underground*, el Jar se quedó helado al ver la mirada furiosa de la chica, sus pupilas como dos cañones láser que podían derretir acero.

—Aunque fueras el mismísimo Colosio resucitado, son veinte varos de tu chela, cabrón.

Ismael dejó escapar una risita arrogante.

—Mira, niña, no sé quién seas...

Detrás, Leslie le hacía señas para que cortara su discurso mamón; eso lo animó a seguir.

—... yo soy el Járcor, de Los Perros Negros que Sueñan sin Dormir, y si no me conoces, estás en la fiesta equivocada.

Reunió el valor para enfrentar la mirada helada de la darketa con la sonrisa más cínica de su extenso catálogo.

—Serán Los Perros Negros *de México* que Sueñan sin Dormir, ¿no, pinche naco?

El Járcor se quedó boquiabierto. Nunca nadie había reconocido la referencia.

—Ah... hum...

—Y sí, tienes razón, estoy en la fiesta equivocada. Eso me pasa por venir con los pinches punketas mugrosos.

—¡Ya párale, Jar! —dijo Leslie.

—¡Tu perra dark, que no me da mi chela, Les!

—Aquí está tu cerveza, cabrón —dijo la perra dark, antes de reventarle una Caguama de Corona en la cabeza.

Desde el suelo, antes de desvanecerse, el Jar escuchó:

—Ay, perdón, no me dijiste si la querías clara u oscura.

Esa noche:

a) Los Perros Negros que Sueñan sin Dormir dieron su peor concierto porque

b) El Járcor salió a tocar, una hora tarde, atolondrado y con la cabeza llena de sangre, lo que provocó que

c) Su público enloqueciera y destruyera el escenario y el equipo de audio, razón por la que

d) Se cancelaron para siempre las tocadas en casa de la familia Lamadrid y

e) El Járcor se enamoró profundamente de la darketa.

Se llamaba Amaranta; todos le decían Morticia desde adolescente, hasta sus padres. Estudiaba Biología en la misma UAM. Era amiga de Leslie desde la Prepa 6, pese a pertenecer a tribus urbanas diferentes. Aquel sábado, las dos chicas se encontraron en el Tianguis Cultural del Chopo.

—¿Qué onda, güey? ¿Qué vas a hacer hoy?

—Nada, güey, ¿tú?

—Hay una tocada en mi casa. Jálate y me ayudas a vender chelas.

—Va, güey.

Esa noche Morticia y el Járcor se hicieron novios.

Meses después ella bromeaba: "Y andabas de suerte esa noche

de que te reventé una caguama, que son más frágiles; te llego a pegar con una ampolletita y sí te rompo tu madre".

Se convirtieron en Mickey y Mallory. Se los veía en las tocadas de Los Perros fajando en los camerinos, y no pocas veces los sorprendieron cogiendo en la combi que les prestaba un tío del Chango para mover el equipo.

Amaranta vivía en Coyoacán. Era la hija única de una investigadora de la UNAM y un periodista fundador de *La Jornada*. Su familia progre no podía ser más disímbola a los Robles, semiproletas y conservadores.

Así lo comprobó el Járcor el día en que borrachos y pachecos volvieron de una tocada en el Nutri Rock, al norte de la ciudad, a casa de Morticia.

—¿Qué onda, güey? ¿Me das un raid? —preguntó Ismael.

—Nel, güey, estoy muy peda. Nos vamos a matar —respondió ella al apagar su auto.

—¿Entonces?

—Quédate a dormir.

—No mames, tu sala es muy fría.

—No, pendejo, en mi cuarto.

La mente nublada por el alcohol hizo aceptar al Járcor.

Lo que haya sucedido aquella noche se perdió para siempre. La conciencia del Járcor regresó a su cuerpo a la mañana siguiente, cuando lo despertó el sol colándose por la ventana del cuarto de Morticia.

Abrió los ojos para encontrarse en la habitación de su chica, donde todo, muebles, piso y paredes, era de color negro. Un aroma dulzón a carbohidratos que parecía desencajar con esa desolación entró por las aletas nasales de Ismael, activando punzadas de hambre en su estómago.

Tardó varios minutos en ubicar que estaba en el cuarto de Morticia, quien dormía a su lado abrazada a un oso de peluche que conservaba desde niña.

Desorientado, trató de sacar su brazo, atrapado bajo el cuerpo de ella sin despertarla, cuando la puerta se abrió de golpe.

—¿Alguien quiere hot cakes? —preguntó la mamá de Morticia desde la puerta. Una mujer de rasgos distinguidos, cuya cabellera negra descendía por sus hombros como hiedra.

—¡Verga! —murmuró el Járcor, cayendo de bruces sobre la duela negra.

—Mmm, yo... —dijo Morticia, amodorrada, sin abrir los ojos.

—¿Y tú, Ismael? —preguntó la señora con naturalidad, como si no hubiera encontrado al novio desnudo en la cama de la hija.

—Yo, hum, sí, gracias, señora.

—Bueno, vístanse, que se enfrían —dijo alegre la mujer, dejándolos solos.

Cuando estuvo seguro de que se había ido, el Járcor le dijo a Morticia:

—Tu... mamá...

—¿Qué?

—Nos... cachó...

—¿Durmiendo?

—Mort, estoy desnudo...

—Ah, sí, ponte algo —dijo ella, incorporándose—, a mi papá no le gusta que bajemos encueradas a desayunar.

El Járcor fue incapaz de articular palabra con los suegros a la mesa.

Morticia era alumna de excelencia desde la primaria hasta la prepa, en el Colegio Madrid. El Járcor... no tanto.

Se les veía por los pasillos de la UAM, en la cafetería y los jardines como una mancha de petróleo. Era imposible no voltear a ver a aquella chica tatuada con el novio de cresta mohawk verde. Tomados de la mano, debajo de toda su parafernalia gótica punk, emanaban una peculiar dulzura que rayaba en la cursilería.

Lo cual no implicaba que la mamá del Járcor aceptara totalmente a su nuera, que se negaba a rezar a la hora de la comida y que los tuteaba a ella y a su marido.

—Ay, Isma, Amaranta es buena muchacha, pero ¿no podías

encontrarte una chica más normal? —solía decirle cuando Morticia no estaba.

—¿Yo, jefa? —contestaba su hijo de en medio, la cabellera verde, la ropa atravesada por docenas de estoperoles y seguros de bebé.

Agazapados en el cuarto negro de Coyoacán, al que la princesa dark llamaba El Calabozo del Dragón, fumaban mota con la complicidad de los padres de la chica. Constantemente se repetía el siguiente diálogo, después de hacer el amor:

—No sé qué hago contigo —decía Morticia al Járcor mientras leía un libro de Gina Arnold o de Elizabeth Wurtzel—; andar con músicos es la peor idea, son los peores novios.

—¿Por qué, tú? —preguntaba aquél, pasándole el toque a su novia.

Ella aspiraba, sostenía el humo y lo dejaba escapar por la nariz antes de contestar:

—Son los más infieles. Unos ranflos.

Él guardaba silencio mientras volvía a quemar el carrujo. Era verdad, a la menor oportunidad se acostaba con cuanta mujer se le pusiera enfrente: groupies, compañeras de la universidad, vecinas y hasta una chiapaneca amiga de su mamá. Siempre negó todo, incluso años después.

Morticia lo intuía. Prefería fingir ignorancia.

A la única que nunca se cogió fue a Leslie Lamadrid, no por respeto al Chango o a Morticia, sino porque tenía la misma cara de mandril del hermano y no le estimulaba acostarse con el clon de su camarada.

Cada que el Járcor se acostaba con otra mujer lo carcomía la culpa: se emborrachaba con el Chango y el resto de Los Perros Negros que Sueñan sin Dormir ("No mames, güey, no le vuelvo a hacer esto a mi Muertita", decía entre sollozos) para reincidir al poco tiempo.

Morticia parecía perdonarle todo, hasta el día en que llegó a la casa de los Lamadrid, al fondo de cuyo predio ensayaban los Perros.

—¿Y ora, tú? —preguntó el Járcor, sorprendido de verla.

—Tenemos que hablar —respondió ella, aún más lúgubre que de costumbre.

El Jar interrumpió el ensayo ante las protestas de sus tres compañeros de banda y sin pensarlo se subió al Volkswagen negro de Morticia. Ella arrancó sin decir nada y manejó en silencio varios minutos. Cuando llegaron a Río Churubusco, él preguntó:

—Bueno, ¿qué pedo?

Ella no contestó. Siguió por la avenida hacia el Aeropuerto, se desvió en el Eje 3 Sur y al cruzar con el Viaducto quebró hacia la derecha, para estacionarse frente al Velódromo Olímpico.

—Güey, ¿qué pasa?

Sin decir nada, Morticia bajó del auto y cruzó la calle para meterse en la puerta dos de la Ciudad Deportiva. Confundido, el Járcor la siguió.

—¿Qué te pasa, flaca? ¿Qué tienes?

Ella atravesó las canchas de futbol hasta llegar a un estanque sin agua que se había convertido en pista de práctica para patinetos, con todo y rampas de madera. Se detuvo y volteó a ver a su novio.

Lo vio con aquella mirada de cañones láser durante unos segundos antes de romper en llanto.

El Járcor jamás la había visto llorar.

—¿Güey...?

Ella lo abrazó y sollozó a su oído:

—Perdóname, *Ismael.*

Nunca lo llamaba por su nombre.

—¿Q-qué pasa...?

Ella lo estrujó aún más.

—Conocí a alguien —declaró finalmente.

El Járcor no supo qué decir. Ella prosiguió.

—Es un estudiante de intercambio. Un francés.

—¡...!

—Bueno, nació en Camerún pero estudia en la Sorbona.

—¡Ah, un pinche negro! —tronó el Járcor.

—¡No seas racista, pendejo!

—¿Mi novia se acuesta con Biyik y tú quieres que no me enoje?

—No es momento de chistes, Ismael.

Lo soltó y enfrentó.

—Estoy enamorada.

Él quedó paralizado.

—Me voy mañana de intercambio a París.

El Járcor no supo qué decir.

—Ya… me habías dicho… pensé que era el próximo trimestre…

—Nunca me pones atención, Ismael. Todo es tu pinche banda, sexo y cerveza —otra vez la mirada furiosa.

—Y-yo… no… Muertita, no mames.

A lo lejos, los patinetos gritaban obscenidades. El viento soplaba fresco, el otoño se acercaba.

Los ojos de Morticia se llenaron de agua.

—Perdóname, Ismael.

Estrechó de nuevo a su novio. Le dio un beso en la mejilla.

—Eres un cínico. Sé que sobrevivirás. Yo… no puedo con la infidelidad.

Se dio media vuelta y se alejó caminando por donde habían llegado.

—Pep… pero… —el Járcor estaba paralizado. Ella no volteó a verlo. Finalmente, él gritó—: ¡Eres… eres una puta asquerosa! ¡Me gustaría coserte a puñaladas y chapotear en tu sangre! —citó.

Morticia se detuvo un momento. Volteó hacia él, que le pintó dedo, furioso. Lloraba desconsolada.

—Lo sé —murmuró y reanudó su camino.

La miró hasta que desapareció por la reja de entrada. Estuvo parado ahí mucho tiempo, antes de poder reaccionar. Sólo entonces se dio cuenta de que no traía ni un peso para tomar el metro.

La hora y media que tardó en llegar a su casa caminando fue mentándole la madre a Amaranta. Veinticinco años después aún tenía el corazón roto.

Y seguía siendo infiel.

Jorge

—Qué bueno que pasó por aquí. No sé cómo me hubiera ido a mi casa. Me da terror subirme a un taxi de la calle —dijo el hombre de barba arrastrando las palabras. Iba ahogado de borracho.

—Para eso estamos —dijo sonriente Jorge, que acababa de subir al pasajero unas cuadras antes, frente al Salón Corona de Reforma.

—Qué salvadota.

Jorge vio que su pasajero comenzaba a dormitar. Eran los riesgos de levantar briagos. Más de una vez se habían vomitado en el asiento. Invariablemente los había bajado a patadas y dejado golpeados sobre la banqueta. Temió que éste se durmiera y se apresuró a decir:

—¿Una botellita de agua?

—N'ombre, me oxido.

—¿Una cervecita?

—¡Cómo cree!

—La del estribo.

En el espejo retrovisor, Jorge reconoció la mirada del adicto, el brillo voraz de beber una más, la sed insaciable que no mitigaba nada. Para reforzar su ofrecimiento, Jorge metió la mano en la hielera que tenía bajo el asiento delantero del pasajero y extrajo una botella helada de Victoria.

—Ándele, mi joven. Evite la cruda, permanezca borracho,

ja, ja, ja —casi escuchó salivar a su pasajero, que alargó la mano para asir el trago. Lo bebió de un golpe.

—Usté me dice por dónde nos vamos. ¿O quiere que use el Waze?

El hombre no respondió. Jorge lo vio derrumbado sobre el asiento trasero.

—¿Joven? ¿Joven? —su pasajero no tendría menos de cincuenta años.

"¡A güevo!", pensó. Sacó su teléfono y le marcó a Poncho.

—Ya'stuvo, compadre.

—Órale —respondió el otro. Jorge colgó sin decir más.

Se dirigió al Sanborns Café de la calle de Londres. Cuando llegó, ya Poncho lo esperaba sobre la calle. Se subió por la puerta trasera y comenzó a registrar al hombre que dormía.

—¡A güevo! La cartera, rellenita, compadre —dijo desde atrás. Contó ocho mil pesos en efectivo, se guardó cinco e informó a su cómplice—: Trae tres mil varos.

—¿Qué celular carga, compadre? —quiso saber Jorge.

—Ah, un pinche Samsung. Pero tiene como quince tarjetas de crédito.

—¡Chingón!

—¿Para dónde iba éste?

—Jardín Balbuena, me dijo.

El pasajero dormía, ajeno a los dos amigos. Si acaso soñaba, no lo recordaría después.

—Jálate como para la Industrial —ordenó Poncho. Jorge obedeció en silencio.

Circularon sobre Thiers hasta el Circuito Interior, torcieron en dirección a La Raza y dieron vuelta sobre Insurgentes hacia el norte. Salieron en el eje 4 Norte, Euzkaro; en la esquina con Buen Tono, Poncho dijo:

—Aquí.

Jorge se orilló. Poncho alargó el brazo sobre el barbón para abrir la portezuela. Lo dejó caer sobre la banqueta. Cayó con un golpe seco sobre el piso.

—¡Madres! ¿Se lastimó, compadre?

—Tú pícale —ordenó Poncho, cerrando el auto.

Siguieron su camino. Eran las cuatro cuarenta y tres de la mañana. Enfilaron hacia el oriente de la ciudad. Recorrieron varios mini súpers. Compraron botellas de whisky y vodka con las tarjetas de crédito.

Hacia las siete intentaron adquirir una televisión de 40 pulgadas en el Walmart de Plaza Oriente. La operación fue rechazada. Trataron de comprar una pantalla más pequeña junto con una bocina Bluetooth con otra de las tarjetas, con éxito.

A las ocho revendían las botellas y los electrónicos con un camarada que Poncho había conocido en el Reclusorio Norte, que vivía en la Granjas México y compraba robado para surtir locatarios del Tianguis del Salado.

Media hora después, Jorge y Poncho almorzaban una pancita bien picante en La Güerita, a espaldas del mercado de la Juventino Rosas. Luego repartieron el dinero obtenido, Jorge llevó a Poncho a su casa y se fue a dormir.

Casi a la misma hora, Alfredo Valdez, cincuenta y dos años, comerciante y bodeguero de la Central de Abastos, despertó por el frío que le calaba los huesos. Confundido, se incorporó con grandes esfuerzos. Estaba crudo. Descubrió que le habían robado cartera, reloj, celular, su chamarra de cuero tipo aviador y hasta las botas vaqueras. No reconoció la calle donde estaba. Una mujer que pasó a su lado murmuró:

—Borracho asqueroso.

No podía recordar qué le había pasado después de haber estado bebiendo en el Salón Corona. Quedó de verse ahí con una chica que había conectado en el Tinder; descubrió que ella era mucho más alta que él —no era un hombre bajo— y disimuló para no hablarle. Bebió solo en una mesa apartada de la barra hasta que ella se cansó de esperar y se fue. Encarrerado, se siguió chupando solo.

Luego, todo fundía a negros. Ahora amanecía en la calle, sin poder recordar nada.

Le habían robado el dinero y los recuerdos.

Logró que un policía le permitiera llamar por teléfono celular; fue incapaz de recordar el número de su exesposa. Caminó hasta el metro Potrero, destruyendo sus calcetines y lastimándose los pies.

Avergonzado, pidió en la taquilla que le regalaran unas monedas para comprar un boleto y regresar a su domicilio, cerca del metro Balbuena. Tardó casi una hora en completar los cinco pesos.

Volvió a casa derrotado, lleno de vergüenza. Por ello, no dio parte a las autoridades.

De haberlo hecho, Jorge y Poncho habrían sido arrestados esa misma tarde.

Se levantó con el pie izquierdo

Caminando hacia el Búnker, León, el Oso y yo formábamos un trío peculiar en el que el novato desencajaba. Nosotros habíamos sido punks y se nos notaba. Soriano... Soriano no, parecía más un empleado administrativo que agente de la Policía de Investigación.

Nos despedimos del bioquímico. Luego le indiqué al Oso que iba al Instituto de Ciencias Forenses.

—Voy contigo —indicó. Me le quedé viendo, con evidente molestia—. Ahora *también* es mi caso —dijo ignorando por completo mi jeta.

Veinte minutos después nos sentábamos a la mesa de la cafetería del Incifo con el doctor Prado. El patólogo veterano de los servicios periciales semejaba un santaclós moreno de barba negrísima.

—Quihóbole, cuatito, ¿qué traes?

—Aquí nomás, doc, picando cebolla.

—Yo soy el doctor Prado —dijo el viejo al Oso—; este patán no nos ha presentado.

—Es que le doy pena, doctor. Soy el agente David Soriano, su nueva pareja —se dieron un apretón de manos—. Usted no es famoso, doctor, es mítico —agregó, barbero.

El médico tronó en una carcajada.

—Que sea menos, que sea menos. Bueno, a ver, mi Járcor, ¿quién invitó los cafés la última vez?

—Yo, doctor, pero ya sé que siempre me toca.

—Mínimo, ¿no, cuatito? Me traes de encargo.

Fui a la barra a pedir dos capuchinos. No le ofrecí al Oso; fingió no importarle.

—Bueno, mi doc, cuénteme qué encontró.

—Déjame ver —dijo Prado, abriendo un fólder—. Aquí está, Gavlik, André. Apa' nombrecito de bailarín exótico.

—Casi, doctor, era publicista —dijo el Oso.

—Ah, puta barata.

Nos reímos los tres.

—Bueno, ni tanto —rectificó Prado—, el análisis sanguíneo detectó mucha cocaína en su cuerpo. Le gustaba el vicio caro al amigo.

—¿Fue sobredosis? —dije, sacando mi libreta que tantas burlas me había ganado entre la tropa.

—No. Lo que sí es que estaba muy borracho a la hora del deceso. Su nivel de alcoholemia era de 1.6. El alcoholímetro te remite al Torito con 0.4.

—Eso es apenas una cerveza, ¿no, doctor? —interrumpió el Oso.

Los dos lo vimos furiosos. Comprendió el error de interrumpir a Prado y se calló, sonrojado.

—Tenía el hígado bastante traqueteado este compita. En pocos años iba a tener problemas graves —continuó el médico.

—¿Pudo morirse de un cruzón? —pregunté.

—Podría, porque también descubrimos restos de ansiolíticos. Le andaba jugando al valiente nuestro amigo con su cuerpo. Pero no. A nuestro bailarín de chippendale lo mató el ciclopentolato.

Debimos poner cara de "what?", porque procedió a explicarnos de inmediato.

—Son unas gotas oftálmicas que se usan para provocar ciclopejía y midriasis, es decir, paralizar el músculo ocular y dilatar la pupila para hacer un examen ocular.

—¿Eso... lo mató?

—Ingerida, en pequeñas cantidades, produce narcolepsia, es decir, adormece; como todos los narcolépticos, en exceso puede causar la muerte. ¿Recuerdan el caso aquel de los mini luchadores?

—¿Dos hermanos gemelos que aparecieron muertos en un hotel de paso en Garibaldi? ¿Que hasta Ripstein hizo una película? —preguntó Soriano.

—Exacto. A esos cuates dos prostitutas les echaron gotas oftálmicas en unas cervezas para dormirlos y robarles los celulares. Las pendejas les pusieron dosis para una persona de tamaño normal. Los mataron.

—Sí, hemos agarrado a varias bandas de goteros. Estaban estas mujeres que contactaban extranjeros a través de Tinder —dije.

—Sin embargo, ahí está el problema. Las gotas adormecen. A pesar de todos sus malos hábitos, esta dosis no era suficiente para matar a un hombre de esta edad y complexión.

Lo miramos confundidos. Continuó:

—Este sujeto pesaba a la hora del deceso ochenta y cinco kilos y medía uno setenta y nueve. Tendrían que haberle vaciado todo el frasco para matarlo, y ni así.

—¿Qué significa eso, doctor?

—Pues sólo que presentara un trastorno de la conducción cardiaca, que se detecta en un electrocardiograma pero es asintomático, y que casi nunca se atiende por ser algo menor.

—¿Es decir...?

Nos miró como un astronauta descendiendo en una granja de menonitas.

—Básicamente, Járcor, que ese día tu amigo se levantó con el pie izquierdo porque estadísticamente no tenía por qué petatearse. Le tocó la de malas.

Dejó caer sus manazas sobre el fólder. Nos miró por encima de sus lentes, que habían resbalado hacia la punta de la nariz. Nos dedicó una sonrisa afable, tan fuera de lugar en un lugar como la morgue, y remató:

—Si no hay nada más que pueda hacer por ustedes, los dejo, muchachos.

Nos despedimos del doctor Prado y regresamos con su informe a la oficina.

—Envenenado —murmuré, más para mí que para Soriano.

—Estaba metido en el ojo del huracán, ¿no es así?

—Lo habían señalado como parte de los sospechosos de un cuantioso desvío de fondos federales...

—Sí, leí el expediente.

—Y uno de sus socios murió hace poco, también en circunstancias extrañas.

—Era lo que te iba a decir.

Después de un silencio incómodo, el Oso agregó:

—¿No había un tercer socio?

Ruso pre mórtem: dieciocho meses atrás

Sentí que se me abría un nudo en el esófago cuando en las noticias confirmaron el triunfo de la oposición. En todas las pantallas el candidato elevaba los brazos, victorioso.

Tumbado en el futón, cambiaba de canal en canal, tratando de ahuyentar la pesadilla, como si al recorrer completos todos los canales lograra cambiar los hechos.

Treinta millones de votos.

El pueblo estaba eufórico, la gente se volcaba a las calles a celebrar el triunfo histórico de la izquierda. Todo mundo estaba feliz.

Excepto *nosotros*.

Puse música para calmarme. *The Division Bell*, de Pink Floyd.

*...and with glasses high we raised a cry
for freedom had arrived...*

Me serví otro vodka. Necesitaba calmarme. ¿Dónde había dejado ese clonazepam?

Sonó mi celular. Era Cobo.

—Ruso, ¡perdimos! —casi lloraba.

—Perdimos —repetí, como idiota.

—Colega, yo me largo de este país.

—¿Qué te pasa, Cobo? ¡No puedes hacer eso!

—Que te digo que me piro, tío. Pronto vendrán a por nosotros.

—Cálmate, Cobo, no pasa nada.

—Coño, Ruso, estuvimos jodiendo al que ahora es presidente electo y loando al que va de salida. ¿Crees que nos invitarán a llevar la publicidad de alguna secretaría?

—Nadie lo sabe...

—¡Por favor, Ruso! ¿No has visto todas las filtraciones en social media? ¿Al gilipollas aquel que soltó la sopa porque no le pagaron? ¡Y todos los vídeos que subimos al YouTube alabando *los logros* del presidente! Tío, nuestros días están contados. Yo me largo a Valencia.

—¡Cobo, cálmate, carajo! Seguro que nos van a proteger.

—Y una mierda que nos protegen, Ruso. Y si yo fuera tú, ya me iba buscando asilo político o algo parecido. Yo ya tengo mis billetes. Salgo con Myrna y los niños a Madrid mañana en el vuelo de las once de la noche.

—Cobo, ¡Cobo, chingao! ¡No puedes hacer eso! ¿Ya hablaste con Matías?

—¿Que no puedo? Ja, ja, ja, quiero ver que me detengáis el puto cubano de mierda y tú.

—Pero, la agencia, tu departamento, tu auto...

—Quedaos con todo Matías y tú.

—¡No puedes abandonarnos!

—Quiero ver que me detengas.

Colgó.

Me dejó ahí. Solo, en la sala de mi departamento, sin más compañero que un vodka y Pink Floyd, cantando

Now life devalues day by day
As friends and neighbours turn away

y la sensación de derrota enraizada en mi pecho.

Pinche gachupín hijo de su rechingada madre.

Como el Seguro Social

C OMO VA ESO, se leía en el mensaje de WhatsApp que me
envió Rubalcava. Era el tercero del día.

"En eso ando, jefazo", le contesté mientras pagaba mi café a
don Filemón, un señor que vendía pan dulce en la esquina de
Avenida Chapultepec.

—¿Ya de regreso al servicio, jefazo? —preguntó el viejo
mientras preparaba mi bebida.

—Ya, don, la Maña no para.

Venía de descansar doce horas para iniciar mi turno de veinticuatro. Pagué y seguí caminando al Búnker. En el camino me
crucé con la Mica y el Chaquiras, que iban terminando su turno. Nos saludamos con una inclinación de cabeza.

No eran mi clase de policías favoritos: mientras yo escuchaba rock y bebía chela, ellos le tupían al reguetón y el Torres con
Coca, la bebida oficial de la sacrosanta Procuraduría.

Éramos muy pocos los que no le entrábamos a ese juegui-
to del juda siniestro. Ahí dentro los superiores te preguntan:
"¿Qué vas a traerme, dinero o trabajo?". Casi todos iban por la
lana. Algunos pocos preferíamos la chamba. Como Rubalcava,
por eso había caído con él. Igual que la Gordis. Chingada madre, cómo me hacía falta.

En más de un sentido.

¿Que si hay policías honestos en este maltrecho país? Sí, claro, es muy fácil saberlo: si es ostentoso y tiene un chingo de feria, pues...

Otros resistimos en este sistema de mierda.

Nos lo dijo muy claramente Rubalcava a la Mijangos y a mí:

—Miren, cabrones —no hacía distinciones de género—, la Juda es como el Seguro Social: si te tienes que operar un cáncer hijo de la chingada, es una maravilla. Pero si traes un catarro, te puedes morir en la sala de espera. Así, igualito, con el crimen.

Así.

En eso venía pensando cuando el Oso casi me tacleó llegando a mi escritorio.

—Robles...

—Para los amigos soy el Járcor, para los pendejos soy Robles. Tú dirás.

Como si no hubiera dicho nada, continuó:

—Te tengo una buena y una mala...

—Ah, pinche Soriano, no estamos en la secundaria.

—Es en serio... Járcor.

—A ver, dispara.

Me llevó a su escritorio, tenía un video en la compu. El típico del C5,* granuloso, en blanco y negro. De la verga, pues.

—Éste es el momento en que abandonaron el cadáver de Gavlik en la Del Valle.

Pulsó *play*. En la imagen, una forma indefinida que recordaba un auto se aproximaba a una banqueta; del vehículo descendía una figura indefinida que caminaba hasta una de las puertas traseras, la abría y sacaba a rastras un bulto que dejaba sobre la acera antes de volver al auto y arrancar.

—Tenemos identificado el auto —indicó Soriano.

—Bien.

—Ya pedí a un perito del C5 que trace la trayectoria del automóvil cuarenta y ocho horas antes del hecho y que lo sigan.

—¿Lo tienen ubicado?

—Afirmativo.

—No sea mamón.

El sistema de cámaras del C5 cubre prácticamente toda la ciudad. La gente no tiene idea de lo observada que está. Y si bien la mayoría de las cámaras ofrecen imágenes de muy baja calidad, es posible ubicar personas y vehículos para seguir sus trayectos e itinerarios, casi siempre complementándose con cámaras de seguridad bancarias y de otros establecimientos. Al circuito de video vigilancia de particulares se le conoce como el C3.

Al experto en seguimiento fotográfico lo llamamos genéricamente forense. El problema, igual que en el Seguro Social, es que los especialistas están rebasados por la cantidad de trabajo. La solicitud de un Ministerio Público para obtener un peritaje puede tomar meses. Aquí teníamos la ventaja de la presión mediática.

Lo otro que casi nadie sabe es que casi la quinta parte de esas cámaras no funcionan. Aún peor, creo que esto es lo más inquietante, hemos detectado que la Maña, los malandros, tienen varias redes de video vigilancia también. No me gusta pensar en ello.

—¿Tenemos la placa? —pregunté.

—En eso anda el forense.

—Ya chingamos.

—Casi.

—¿Cómo que *casi*?

Con su inexpresividad enloquecedora, el Oso dijo:

—Ésa es la mala noticia: el video del momento en que tiran el cuerpo se filtró...

—¡...!

—... está en manos del abogado de la viuda de Gavlik y ya llegó a los medios.

—¡Puta madre!

Al fondo de la oficina escuché gritar a Rubalcava con ese tono furioso de cuando la prensa entorpecía un caso:

—¡Robleeees!

Ya sabía yo que aquella madrugada no debí pararme de la cama.

Corte a... (1)

CONDUCTORA: Éste es el momento en que las cámaras del c5 captaron al presunto asesino de André Gavlik abandonar su cuerpo en una banqueta.

CORTE A video en blanco y negro, granuloso. La CONDUCTORA describe la acción

CONDUCTORA: Como pueden ustedes ver, el vehículo se orilla, de él desciende un sujeto cuyos rasgos no se logran distinguir, quien da la vuelta al auto, ahí lo tiene usted, abre la portezuela y arrastra el cadáver hasta la banqueta para después abordar de nuevo y salir de ahí con toda tranquilidad.

CORTE A CONDUCTORA

CONDUCTORA: La inseguridad rebasa ya a la Ciudad sin que la gobernadora responda a los reclamos de la ciudadanía a poco más de un año de haber asumido el cargo. Por otro lado, esto fue lo que el abogado de la familia Gavlik declaró en conferencia de prensa.

CORTE A sala de conferencia, donde el ABOGADO *hable ante los medios*

ABOGADO: Los videos que obtuvimos y que hemos hecho llegar a ustedes muestran claramente el momento exacto en que el señor André Gavlik fue abandonado en una calle de la colonia del Valle, en plena madrugada y sin que ninguna autoridad haya respondido aún. Nos queda claro que el Gobierno de la Ciudad no está haciendo su trabajo.

CORTE A CONDUCTORA

CONDUCTORA: Antes de morir, André Gavlik se vio envuelto en un escándalo relacionado con el desvío de cuantiosos recursos federales a través de su agencia de publicidad. Desvíos que hasta el momento no han podido ser comprobados. En otras noticias, la calidad del aire empeora. El Gobierno de la Ciudad ha declarado la implementación de medidas emergentes que incluyen la suspensión de circulación de acuerdo a la terminación de las placas de los vehículos. Mañana miércoles dejan de circular todos los autos con terminación tres y cuatro…

Jorge

Se cagó al ver el video.

Era *su* coche. Era él.

Pero la calidad de la imagen era tan mala que no se distinguían más que sombras.

Era *imposible* que pudieran reconocerlo.

De todos modos se cagó al ver el video en el noticiero.

Y la foto del hombre al que había trepado aquella noche.

El tipo iba muy pedo, ahogado. Tanto, que no dudó en subirse al auto.

Jorge siguió el procedimiento habitual. "Servicio de taxi ejecutivo, ¿a dónde lo llevo, joven?"

A veces tardaba varias horas sin que alguien se subiera. Había noches en que no se subía *nadie*.

Y había veces en que alguien lo hacía. Como aquella noche.

Buscaba entre la gente que salía de madrugada de los bares de Polanco o la Condesa. Siempre personas ebrias, solas. Les ofrecía su mejor sonrisa, aquella que Poncho le decía que si pudieran enlatar y vender, se harían millonarios.

Cuando abordaban, les preguntaba a dónde iban. Les ofrecía una botella de agua. O una cerveza. Casi siempre aceptaban el alcohol.

A las botellas era más fácil inyectarles las gotas. Lo hacía con una jeringa. Gotas para los ojos, a la venta en cualquier farmacia. Con las chelas era más complicado. Había que destaparlas con mucho cuidado, añadirles las gotas y volverlas a tapar. Luego las echaba a enfriar en una hielera que llevaba en el asiento delantero.

Jorge les ofrecía la bebida, fingía encaminarse hacia el destino y veía cómo les hacía efecto la mezcla. Entonces llamaba a Poncho, que siempre lo esperaba en algún café cercano, habitualmente el Sanborns de la Zona Rosa.

Jorge ofreció una cerveza al güero. Ahora sabía que se llamaba André. Pinche nombre de puto.

—¿Una cervecita pa'l camino, mi joven? ¿La del estribo?

—No, no, ya'stuvo…

—¿Agüita?

—Me la chingo —murmuró Gavlik.

Cayó en minutos. A Jorge le pareció ver que el hombre se agitaba, pero no estaba seguro. Cuando vio que se había dormido, se orilló para extraerle la cartera y el celular.

Encontró el cuerpo extremadamente rígido. "¡Verga!", pensó. Comprobó que no respiraba. "¡Puta madre, un muerto!", maldijo en su mente.

Se puso muy nervioso. Llamó a Poncho para preguntarle qué hacía. No le contestó. Seguro se había ido de putas el cabrón.

Dio vueltas por la ciudad con el cadáver atrás. Cada que una patrulla pasaba a su lado se le aceleraba el corazón. Cuando lo paró un alcoholímetro sintió que el mundo se le venía encima.

—Soy Uber, jefe. No he tomado nada —le dijo al policía, esperando que no se fijara en la hielera.

—Pero su cliente viene hasta las manitas, ¿verdad? —dijo el azul, señalando con la cabeza el cuerpo del Ruso, en el asiento trasero.

—¿Qué hacemos, oficial? Es la chamba.

—Pásele.

Jorge se estacionó a diez cuadras del alcoholímetro. Vomitó en la banqueta. Pinche susto hijo de la chingada. Nomás sintió cómo el azúcar le dio un bajón.

La mejor decisión que pudo tomar fue alejarse de su coto de caza. Se encaminó hacia el sur por Insurgentes, estuvo dando vueltas por la Nápoles y la Del Valle hasta que encontró una calle de edificios de oficinas, oscura.

Ahí, observado por la cámara del C5, abandonó el cuerpo del Ruso Gavlik.

Casi amanecía. Se fue directo a usar las tarjetas de crédito de André y reventar su iPhone.

Al Ruso, tumbado en la banqueta, no pareció incomodarle.

Soriano

—¿Ya tenemos orden de aprehensión? —me preguntó el Járcor, malhumorado después del cague que le puso Rubalcava durante media hora.

—Nop —contesté.

—Putamadre.

Fue hasta su escritorio, que queda justo frente al mío. Hemos sido vecinos hace mucho tiempo pero nunca me había saludado. Se tumbó en su silla, llevándose las manos al rostro, abrumado. Así estuvo unos minutos durante los cuales lo observé con atención, haciéndome invisible con el entorno. Casi diría que es mi superpoder. De pronto se levantó como expulsado por el asiento eyector de un jet de combate.

Comenzó a dar vueltas por el pasillo, buscando algo en su celular. Corrió a su escritorio de nuevo, tomó el teléfono fijo y marcó un número que copió del móvil.

—¿Lupita? Buenos días, tardes ya. ¿Cómo está? ¡Qué bueno! ¿Y su hija? ¿Sigue dibujando mangas japoneses? Ah, mire nomás. Qué maravilla. Oiga, Lupita, la molesto porque ando buscando al juez Lamadrid. Sí, somos amigos de toda la vida, pero ya ve que es muy especial, luego no le gusta que le llame al celular. Aaaah… ¿Tardará mucho, oiga? Bueno, yo le vuelvo a llamar. Gracias, Lupita, saludos a su hija. Sí, de su parte, gracias. ¡Bye!

El Járcor colgó su cel, malhumorado.

—¿A quién le llamabas? —me atreví a preguntarle.

—¿Qué andas oyendo conversaciones ajenas, Soriano? —preguntó sin voltearme a ver y salió camino al baño.

Me quedé en silencio. ¿Qué le había hecho a este cabrón para que fuera tan sangrón conmigo?

Llegó mi hora de comer. Salí sin decirle nada al Járcor, que estaba leyendo unos expedientes. De verdad lamentaba su animadversión porque no sólo era un policía brillante: era una leyenda en la Corporación.

Caminé las cuatro o cinco cuadras que separan el Búnker del parque de Dr. Liceaga y Cuauhtémoc. Me senté en una de las bancas a comer mi sándwich de pechuga de pavo y beber mi termo de café mientras observaba a la gente pasar: niños que volvían de la escuela, oficinistas. Me gustaba mirarlos e intentar adivinar sus vidas.

No adivinar, *deducir*.

Estuve así hasta que llegó la hora de volver. Caminé bajo el sol con el ritmo del oficinista que no quiere retornar a su punto de engorda.

Cuando llegué a mi escritorio encontré a mi compañero con la mirada fija en el monitor de su terminal, los ojos y la boca abiertos con la expresión sorprendida de quien se ha encontrado con algo (*a*) inesperado o (*b*) muy desagradable.

Me deslicé en silencio hasta mi lugar, ya estaba harto de sus desplantes. Había decidido plantearle a Rubalcava que nos reasignara compañero o compañera a los dos. A esa hora la oficina estaba tan sola que la voz del Jar llamándome retumbó por los muros y el plafón.

—¡Oso! ¡Ven acá!

Me ofendió (*1*) que usara ese apodo y (*2*) su tono imperativo, como si él fuera el jefe y no Rubalcava.

—¡Que vengas, cabrón!

Fui.

—Aquí dice que el socio de Gavlik, un tal… ¿Eduardo Matías?

—Matías Eduardo.

—Uta, qué pinche costumbre de andar usando nombres propios como apellidos.

—El cubano, sí, ¿qué con él?

—Aquí dice que murió de peritonitis hace unas semanas.

—Sí, lo leí.

—Nadie se lo cree. Y con el otro cabrón prófugo…

—¿El que se fue a España? No está prófugo, no tenía ningún proceso legal en su…

—Ya sé, ya sé, güey. Lo que quiero decir es que se peló a España de un día para otro. Lo cual sólo ahonda mis sospechas de un *compló*.

Suspiré.

—Como buenos delirios, las teorías de conspiración son coherentes, Ro… Járcor.

No estaba ahí. Miraba el monitor de su computadora como esperando encontrar algo al fondo, oculto en algún lado que le diera la clave para resolver el asesinato del Ruso Gavlik.

Sumergidos en un silencio incómodo, contrapunteado por los ruidos de nuestros compañeros de oficina, no supimos qué más decir. Me deslicé en silencio hacia mi escritorio cuando el Járcor dijo:

—Os… oriano

—¿Sí?

Giró sobre el eje del asiento de su silla. Su mirada se había encendido con un brillo demente.

—¡Güey! ¿Y si te das una vuelta con el doctor que emitió el acta de defunción de este cabrón, Eduardo?

—Matías…

—De ese culero.

—¿Yo?

Me miró como si lo hubiera insultado.

—Si, ¡tú, pendejo! —volvió a su pantalla, escroleó hacia arriba y abajo hasta que encontró el dato que buscaba—: Es un tal doctor Fernando Jiménez, gastroenterólogo del Hospital ABC de Observatorio.

Apuntó el dato en un post-it que me tendió.

—No quiero... decir pendejadas, Jar, pero citando a los grandes clásicos, ¿y yo por qué? —dije al tomar el papel.

Me miró largamente. Suspiró. Luego, con inusitada suavidad explicó:

—Con esta cara, van a pensar que voy a secuestrar al doctor. O pedirle derecho de piso.

Se levantó, abrochó el clip de la funda sobaquera sobre su pecho, se echó la chamarra de piel encima y añadió:

—Tú, en cambio, tienes cara de paciente de hospital privado. Voy a comer, al rato regreso. A'i te encargo el changarro.

Y se alejó sobre el pasillo, silbando.

Las palabras más difíciles

—Mijangos, luz de mi camino, fuego de mis ardores. Mi pecado, mi alma, los labios emprenden un viaje de tres escalas para decir tu nombre: Mi-jan-gos...

—Ya no mames, pinche Járcor. Nomás lees un libro y ya te sientes poeta.

—Está bien chingonsote. Gracias por prestármelo. Yo quise ver la película de Kubrick en el cine club de la UAM y la neta me salí, aburrido.

—Eres un pinche naco, cabrón.

—Ay, güey, has de ser muy culta y refinada.

Ríen.

—No, pendejo, pero si me sirven un coñac no pido limón.

—No, nomás le echas Coca-Cola.

—Cálmate, idiota, me confundes con el Tapir y esa bola de cabrones.

—No mames, pinche Tapir, se acaba de ir de la Fiscalía.

—¿Lo chisparon por rata?

—No, mi André Bretón, se colocó en el área de seguridad de un banco.

—Hijo de su pinche madre, cómo me cagaba el güey.

—¡Dímelo a mí, que lo traía en la patrulla todo el día! Es cagante el pendejo.

—¿Qué te digo, cabrón? Mujeres juda como yo no se dan en maceta.

—Ya séee…

—"Ya sé, ya sé", pero bien que andas de caliente con la pinche Karina Vale de los cojones.

—¡"De los cojones"! Cálmate, Bukowski traducido por Anagrama.

—¿De la verga te gusta más?

—Ya vas agarrando la onda.

—No entiendo tus leperadas.

Pequeña pausa. Silencio incómodo.

—Yo…

—Ya no me digas nada, pinche Robles.

—¿Desde cuándo me dices así, Andrew Lloyd Weber?

—Cuando me haces encabronar.

—Ya, güey, no te empanteres.

—Es que me acuerdo de esa pinche vieja y me encabrono. Pinche Járcor.

—Así me gusta más.

—No te quita lo pendejo.

—No, pus no.

Otro silencio incómodo. Ella reanuda.

—¿Sabes que tu Karinita me dijo una vez en las regaderas del campo de tiro que yo era muy bonita? ¿Que tenía unas supernalgas?

—¿Ah, sí?

—"Qué lindas pompas", así me dijo. Hasta me las agarró, la cabrona. Que estaba bien guapa.

—¡Lo eres! La única que no lo ve eres tú.

—Ah, mira. ¿Por eso no pudiste quedarte conmigo?

—Hum… define "quedarte conmigo".

—¡No te hagas pendejo!

Calla un momento.

—¿Te digo algo? Cuando andabas con el Chaparro Armengol…

—"Que de dios goce", diría mi mamá.

—… yo… me moría de envidia.

—Pues no se notó, güey.

—Es en serio. Nunca entendí por qué andabas con él. Era feo, antipático y como treinta centímetros más bajito que tú.

—Ocho.

—¿Qué?

—Ocho centímetros nomás. Es que era gordito, se veía más pequeño.

—Güey, ¿qué hacías con ese pendejo? ¿La tenía acá como de burro?

Ella piensa un momento.

—No… No, no.

—¿Qué era entonces?

—Él… bueno, fue el único que se me acercó.

—¡¿De verdad?! ¡¿Por eso te acostaste durante tres años con un policía judicial casado y repugnante?!

—¿Querías que te esperara regando flores a que te cogieras a toda la Corporación?

Él calla, apenado.

—No es eso…

—Si nomás no te cogiste a doña Celia, la de intendencia, porque tiene sesenta años…

—¡No mames, Andrómaca!

—… porque a Jenny, la otra afanadora, bien que le tenías puesto el ojo, si crees que no te vi comértela con los ojos.

—¡Nocierto!

—Ay, no te hagas güey.

—Jenny no. La que me gustaba era Lilia.

—Eres un pinche idiota, Ismael.

Callan. Después de varios latidos el silencio se vuelve opresivo.

—¿De verdad no puedes ir por la vida sin querer acostarte con todas?

—Lo… he intentado. Créeme que lo he hecho.

—Ay, ajá.

—Andar de caliente me costó perder al amor de mi vida.

—Ya sé.

—No tú. A…

Calla, consciente de haberla cagado.

—Sigue cavando tu tumba, Ismael.

—¿Ya pasamos de Robles a Ismael? Con un poco de suerte en media hora ya me vuelves a decir Járcor.

Ella no contesta.

Él guarda el silencio culpable del que se sabe atrapado en flagrancia. Tras dos minutos eternos, pregunta:

—¿Estás llorando?

No puede voltear a verla. Ni siquiera está muy seguro de que lo que escuche sean sollozos. Además, una detective, expolicía judicial, exequipo de reacción antiasaltos bancarios, exenfermera militar, no *puede* llorar. ¿O sí?

Él querría consolarla. Disculparse. Abrazarla. Decirle que todo estará bien. Que las cosas habrán de mejorar de alguna manera. De *alguna*. Que siempre estuvo enamorado de ella. Que jamás le dijo nada por estúpido. Que se arrepiente y le duele en el alma haberla lastimado. ¿Quién iba a pensar que una mujer grandota y ruda, capaz de abrirse paso en un tiroteo a punta de balazos, sería tan frágil? Se acuerda de aquella canción de Elton John (¿por qué Elton pinches John si le caga?), "Sorry Seems to Be the Hardest Word", "*Lo siento* parecen ser las palabras más difíciles". Es verdad, intenta decirlo y se le traba en los labios.

—Perdóname, Andrea —musita.

Pero es demasiado tarde porque terminó el trayecto en moto que separa la taquería donde comió de su oficina; debe volver a su escritorio. El tiempo para diálogos imaginarios se agotó.

El mejor detective del mundo

André Gavlik. Te decían el Ruso. Publicista, fresota fifí un poco menor que yo. Millonario.

Me cagas.

Una hija. Dos divorcios.

Envuelto en un escándalo de corrupción. Creador de una exitosa campaña de publicidad para promover el jitomate mexicano en el extranjero que, de acuerdo con los reportes de la revista *Proceso*, costó casi diez veces más de lo que debía.

¿A dónde iba ese dinero?

Veo tu cara en la carpeta de investigación, sobre mi escritorio. Eres la clase de persona que se burlaba de mí y mis carnales en la colonia Marte. No mames, qué digo, la clase de cabrón que *jamás* se paró en la Mars. Que se burlaba de los que se burlaban de mí.

¿Quién eres, André?

Creativo publicitario. Estudiaste algo de artes. Todo lo que yo desprecio.

Ahora estás muerto. Yo, que sigo aquí, tengo que averiguar qué te pasó. Quién te mató. Tengo que determinar cuál fue el destino de un cabrón que ni siquiera me saludaría.

Miro tu foto un momento más. Siento que la investigación llegó a un callejón sin salida. ¿Te mataron los que te contrataron? ¿O los narcos para los que trabajaste antes? ¿O alguien más que está fuera de mi carpeta?

¿Por qué te subiste a un taxi si traías a tu chofer? ¿Tan pedo andabas? ¿Por qué le dijiste que se fuera?

Puta madre.

Creo que no queda más remedio que echar mano del mejor detective del mundo. El Facebook.

Ahí está todo.

Si la gente supiera lo expuesta que está su información, no subiría ni una foto. Hubiera sido el sueño húmedo de Stalin: el ciudadano reporta sus movimientos, indica la ubicación y aporta evidencia fotográfica. Yo por eso no uso la chingadera.

Hemos torcido a varios malandros que subieron fotos o videos luciendo lo mal habido. O cabrones que celebraban los quince años de la hija y se les ocurrió tomarse una selfie.

Así que voy a mi compu y abro el maldito Feis. Tecleo tu nombre.

Ahí estás. Ahí está todo mundo.

Por supuesto, no tengo ningún conocido común contigo. Como en telenovela de Televisa, lo nuestro es imposible, pertenecemos a diferentes clases sociales.

Jamás nos hubiéramos cruzado. Tú tan School of Visual Arts, yo tan UAM Iztapalapa.

Busco algo que me sirva. Tu *timeline* está lleno de fotos de comidas, cocteles, videos de comerciales…

Cuando parece que nada de tu perfil me va a servir, descubro entre tus *amigos* un rostro familiar.

El semblante se ha avejentado. El tipo embarneció. Pero esas orejas y los dientotes son inconfundibles. Leo el nombre y no puedo creerlo: Mickey Güemes. El amigo de la secundaria de mi hermano Samuel. No mames.

Pero el pinche Samuel vive en Japón. Mi hermano geniecito. Así que está medio cabrón que me pueda ayudar a localizar al pinche orejón. Entre otras cosas porque no he hablado con el Samo hace como dos años.

"¿Qué pedo, carnal? Oye, ando buscando a tu amigo el Mickey, ¿tendrás su teléfono?"

114

Tendré que rascarme con mis uñas.

Doy clic sobre la foto del Mickey. Un conocido común, me indica: justo el pinche Samuel.

No sé si reírme.

Una ojeada rápida al perfil de Mickey basta: trabaja en una productora de comerciales. Deduzco que musicaliza o algo así. Reviso superficialmente. Fotos de pedas. Chavorrucos. Tiene dos niños. Nada que me sirva mucho.

Estoy a punto de cerrar la página cuando veo una foto en su *timeline* que me llama la atención.

AMIGOS COMO YA SABEN ESTE Y TODOS LOS JUEBES ESTARE PO-NIENDO MUSICA EN EL GILIPOLLO DE PESTALOZZI CAIGANLE.

Conozco el bar. Hoy es jueves,

Me levanto de mi lugar. Sonrío.

—¿A dónde vas, Robles? ¿Ya me resolviste lo del publicista? —me intercepta Rubalcava.

—Ya casi, jefazo.

—La procuradora me trae asoleado.

—Verá que pronto, jefe. Justo tengo una cita para ver el asunto.

—¿Con quién, pinche Robles?

—Con mi pasado, jefe.

Me escabullo dejando al viejo con expresión confundida.

Un reloj de arena

—Capulina, ¿a ti por qué te guardaron? —pregunta Lizzy.

La interpelada, una mulata enorme de cabello decolorado, interrumpe la preparación de los tamales norteños solicitados para su jefa y la encara con una expresión que Lizzy no alcanza a decodificar.

—Ay, mija. Ya sabe, aquí todas somos inocentes.

Se da la vuelta para reanudar su labor. Lizzy insiste:

—No, Capu. Sí quiero saber.

Capulina suspira con las manos sumergidas en la masa de maíz. Cierra los ojos enormes. Guarda silencio. ¿Por qué el repentino interés de la jefa?

Capulina recuerda el día que llevaron a Lizzy Zubiaga al Reclusorio Femenil. Cómo llegó en medio de un feroz despliegue de seguridad, con más de treinta efectivos de la Marina escoltándola y varios helicópteros *Cóndor* sobrevolando la zona. Ella, en cambio, ingresó en el más oscuro anonimato.

Apenas llegar, Lizzy impuso su ley en el tanque. Jamás pisó las áreas comunes. Ocupó ocho celdas para armar su departamento, supervisado por un amigo arquitecto suyo.

—Gordo, cabrón, te hablo por dos cosas. Felicitarte por tu premio Cemex de hace dos años, que no te había llamado, y hacerte un encarguito —le dijo.

"No quiero algo muy ostentoso. Tampoco tengo tanto dinero", indicó dos días después al arquitecto. "Ando en una etapa zen minimalista." Aterrado, su amigo tomaba nota.

Durante varias semanas, cuadrillas de albañiles trabajaron en tres turnos para acondicionar el espacio que habría de ocupar Lizzy durante al menos algunos meses. En un parpadeo, esos meses formaron una docena y luego otra. Cuando casi completaba la tercera, comenzó a desesperarse.

—No se desanime, jefa —le decía Capulina—. Ya ve, Sandrita Ávila estuvo aquí como cinco años antes de que la mandaran al gringo y luego la chispó.

Lizzy había seleccionado a su camarilla de entre las internas. De Capulina le llamó la atención su aspecto: mulata enorme llena de tatuajes y escarificaciones ornamentales, con un afro platinado y los labios pintados de negro. Alguna vez Lizzy la vio tundir a golpes a otra interna en el patio, durante la clase de zumba. La rabia salvaje con la que la azotó en el piso de concreto le agradó. Cuando las celadoras se la llevaban a castigo, Lizzy ordenó:

—Hey, no. Tráiganme a ésa.

Obedecieron.

Pronto Capulina demostró que además de guardaespaldas era una excelente cocinera. Además, contaba con una inteligencia intuitiva que sorprendía a Lizzy constantemente, adelantándose a sus pedidos. Que la mujer supiera computación la encumbró.

—¡Capu! Tengo que hacerle un depósito al pinche abogado.

—Ya lo transferí desde la mañana, jefa.

—Ah, no mames.

Trabajar para Lizzy la convirtió en una celebridad respetada dentro del bote. Ello la enorgullecía y lo retribuyó con férrea lealtad.

Pero nunca soltaba prenda de por qué estaba encerrada. Ello enciende la curiosidad malsana de Lizzy, que ahora vuelve a insistir.

—Nunca me vas a decir, ¿verdad, pinche Capu? —porfía Zubiaga.

Capulina intenta eludir la pregunta.

—Va a ver qué buenos van a quedar estos tamalitos.

—Capu, no te hagas pendeja.

La mulata. La sonrisa se convierte en una línea horizontal en su rostro de cocoa.

Las dos mujeres se observan. A Lizzy le sorprende la fiereza con la que Capu le sostiene la mirada. Comprende un segundo tarde que estar toreando a una convicta a cadena perpetua puede ser una mala idea, por muy leal que le sea.

Capu suspira. Cierra los ojos pesadamente. Al reabrirlos están teñidos de tristeza.

Saca las manos de la masa. Se enjuaga en silencio para mostrarle los dorsos a Lizzy. En la izquierda tiene tatuado un violín, en la derecha una araña negra.

—Usted debe pensar que me dicen Capulina por gorda.

Lizzy no contesta.

La mujer gira, se descubre la espalda. Al centro, rodeada por docenas de pequeños dibujos, la mujer tiene tatuada la silueta roja de un reloj de arena. "Como las viudas negras", piensa Lizzy.

—Es por las arañas capulinas, jefecita chula —añade tranquilamente la mujer al girar y encarar de nuevo a Lizzy.

Un silencio incómodo atraviesa el espacio entre sus rostros.

—Va a ver qué buenos quedan estos tamales —reanuda Capu hundiendo las manazas en la masa.

—Sí, ya me los saboreo.

Lizzy nunca vuelve a preguntar nada sobre la vida de su asistente.

Felipe, el de Mafalda

El Gilipollo es uno de tantos bares que ahora proliferan en la Narvarte. Parece que la quieren convertir en la nueva Roma Condesa. Un changarro hípster asentado donde antes había una taquería grasosa o algo así, que ofrece cervezas artesanales al doble del precio de las normales.

Llego como a las diez en la moto. No olvido que la Gorda se burlaba de mi Yamaha. "Pinche moto de repartidor de pizzas", me decía, riéndose. Si me viera ahora, en esta Harley...

Seguro se burlaría también, hija de la chingada. Cómo la extraño.

El local es grande. Creo recordar que aquí había una panadería, pero no estoy seguro. Paredes de concreto liso con tuberías y canaletas de cables visibles, piso de cemento barnizado. El nuevo mal gusto. Con la chamarra de cuero negro me siento tan fuera de lugar como una monja en un picadero de chiva.

La clientela son personas de cuarenta años que se niegan a aceptar su edad y vienen a vivir un engaño colectivo. Puro godinato aspiracional: creativos publicitarios y mercadólogos, pero godines a fin de cuentas.

Ocupo una mesa en la orilla, desde donde puedo ver todo el local con la misma discreción de una mosca en un tambo de leche. Una mesera joven se me acerca con la carta. Tras el saludo lambiscón "¡Hola, amigo, buenas noches! ¿Qué te vamos a servir?", pregunto:

—¿Qué cervezas tienes?

Pone cara de fastidio, como si le preguntara una obviedad y empieza a recitar:

—Alesmith, Colima, Cucapá, Rámuri, Loba, Insurgente, Brewdog, Chelita...

—¿Tienes Negra Modelo?

Me mira como si le hubiera hecho una insinuación obscena y repite como hablándole a un tonto:

—Alesmith, Colima, Cucapá, Rámuri, Loba, Insurgente, Brewdog, Chelita...

Y me mira con el desagrado que se contempla a un anciano incontinente.

—Chelita —digo por decir.

Se da la vuelta y regresa unos minutos después, con una botella que tiene dibujados unos monos de Trino. Ya eso me pone de buen humor, tanto que hasta le sonrío a la morrita, que me devuelve un gesto de indiferente desprecio.

Efectivamente, el Mickey, o lo que queda de él, está poniendo música. La misma cara de Felipe, el de Mafalda, sólo que abotagada. Lentes oscuros, blazer sobre una playera de New Order, jeans y tenis Converse. De güeva.

Pone un set de synth pop: Soft Cell, Alphaville, Eurythmics... ¿qué no hicieron música después de 1990? La concurrencia recibe indiferente las rolas, lo mismo le daría que pusieran a Nirvana que a Serrat.

El pinche Mickey baila celebrándose su propio gusto. Con los audífonos y los lentes oscuros, me viene un *flashback* de mi adolescencia en la colonia Marte y de cómo detestaba a esta clase de sujetos: mamadores, pretenciosos y wannabe.

El set del pinche orejón se extiende por lo que me parecen horas, pero cuando termina veo en el reloj que han pasado cuarenta minutos. Cierra con "Tom Sawyer" de Rush. Algunos le aplauden, él agradece asintiendo, sin quitarse jamás los lentes oscuros.

Agradece por un micrófono, manda un par de saludos y desconecta su laptop del amplificador. Se va a sentar a una mesa, la misma chica que me atendió le lleva un trago. Está solo, aprovecho.

—Muy chingón —miento, acercándome a su mesa. Responde brindando con su cuba—. ¿Puedo sentarme? —pregunto y lo hago sin esperar su respuesta.

—Estoy esperando a alguien...

—Sólo unos minutos.

Se pone nervioso. Me mira como si Gregorio Samsa estuviera sentado frente a él.

—Es que no...

—Por los viejos tiempos, Mickey. ¿Ya no te acuerdas de los cuates de la Marte?

—¡No mames! —dice al reconocerme.

—Oh, usté tranquilo, puto —le digo con mi acento más naco posible.

Remata de un trago su cuba.

—Eres Ismael, el hermano de Samuel. ¿Cómo te decían? El... el...

—Járcor.

Traga saliva.

—Sí, eso.

—El que le rompió la nariz de un cabezazo a tu amigo en una fiesta.

—Sí, sí, al Arturo Hayton. A la fecha batalla para respirar.

—Pinche mamón.

Veo que suda.

—Luego tú y tus amigos nos pusieron una madriza a mi jefe, mis hermanos y a mí.

—Yo no participé. Fueron mis compañeros del CUM.

—Bola de culeros.

—Y, hum, ¿a qué te dedicas ahora?

Le muestro mi charola de la Procu. Se pone blanco.

—No quiero broncas —dice después de un momento—. Todas las licencias están en regla.

—Cálmate, pinche Mickey. No soy inspector ni vine a extorsionarte. Para eso no está la autoridad.

—¿Vienes por lo del derecho de piso?

—No sé de qué me hablas.

Veo que tiembla un poco.

—Hace unos meses vinieron a pedir derecho de piso.

—¿Tú eres el dueño?

Se pone aún más tenso.

—Soy uno de los socios. Somos varios. Yo puse el local.

—¡Ah, claro! Aquí era la panadería de tu familia.

Asiente. Si pudiera vaporizarme con la mirada, lo haría de inmediato.

Sonrío. Cruzo los dedos por detrás de la nuca, mirándolo fijamente. Se está cagando de miedo. Llama a la mesera.

—Paty, tráele al señor lo que quiera.

—Agua mineral, por favor.

—¿Evian o Ciel? —pregunta con el mismo tono arrogante, sin darse cuenta de la expresión de pánico contenido de la cara de su jefe.

—Tráele Evian —ordena.

—"El señor tiene sed" —cito.

—Taffey Lewis.

Nos reímos los dos. Paty me sirve mi soda.

—¿Así o más cliché? —pregunto.

—Me vinieron a pedir dinero unos que decían ser de la Unión Tepito. Sabían mi datos, dónde vivo, el nombre de mis hijos, la productora.

—¿Qué hiciste?

Me mira largamente antes de contestar.

—Denuncié. Me dijeron que los recibiera aquí. Ya los esperaba la policía. Los arrestaron y se fueron al tambo. Resulta que andaban faroleando, diciendo que eran de la Unión. Puro pito.

Pide un nuevo trago con un gesto. Paty se lo lleva.

—Se los encargué a un padrino de los meros pesados en el Reclusorio Norte, para que los pusieran en su lugar.

Me reí.

—"Los pusieran en su lugar." Pinche expresión clasista, racista y culera —le digo.

—¿Qué hubieras hecho tú?

—¿Sabes la cantidad de cabrones que cobran por recibir encarguitos dentro del Reclusorio, que jamás lo han pisado?

Se queda callado.

—No importa. No vengo por eso —digo mientras bebo mi agua mineral.

—Me sorprendió que denunciar funcionara.

—La policía siempre vigila.

Nos miramos como dos extraños. Lo somos.

—¿Cómo está Samuel?

—No sé. No nos hablamos hace dos años.

—¿Le dieron el puesto ese en la universidad de Fukuoka?

—¡Cabrón! Tú sabes más de él que yo.

—El Facebook. ¿Quieres algo más de tomar?

Niego con la mano.

—Vengo a verte porque necesito una información.

Se tensa de nuevo.

—Isma —nadie me dice así hace años y me caga—, soy productor musical. Me dedico a sonorizar y ponerle música a comerciales.

—Justo de eso quiero hablarte.

Se tranquiliza.

—Quiero que me cuentes sobre tu amigo André Gavlik.

Se caga.

Jorge

Jorge estacionó el auto afuera del Sanborns Café de la Zona Rosa. Pocos minutos después apareció su socio.

—¿Quihubo? —dijo Poncho al subir.

—¿Qué pedal?

Arrancaron. Circularon en silencio sobre Londres hasta Insurgentes, donde torcieron hacia el norte.

—Tengo miedo —dijo Jorge.

—No sea maricón.

—Es en serio. ¿Ya viste el video?

Poncho, por mucho el más robusto, desdeñó con la mano.

—Naaah, no se ve nada. Una mancha, alguien que sale del auto, deja algo en la banqueta y luego la mancha se va.

—Soy yo.

—¡No se ve ni madres! Además, ya te hubieran torcido.

—¿Tú crees?

—Tsss, ¿no?

Circularon callados un momento. Poncho le alargó un sobre a Jorge.

—¿Quésesto?

En el cruce con Antonio Caso lo abrió. Eran cinco mil pesos.

—La micha de lo que me dieron por el iPhone, para que no se me agüite.

Jorge sonrió.

—Era un 11 Pro. Lo reventé en diez varos —mentía, le habían dado quince mil pesos.

—No, pus qué bien.

—Pedo o bronca, ya nos hubiera cargado la chingada.

—¿Tú crees?

—A güevo, padrino.

Siguieron por Insurgentes.

—Nomás descansa unos días. No vaya a ser.

—Estuve fuera de circulación por la contingencia ambiental. Pero ya la levantaron.

—¿Ya vio? Usté tranquilo y yo nervioso.

—Sí, ¿verdá? —Jorge se relajó—. Tienes razón, compadre.

—¿No le digo?

—Entonces, ¿pa' dónde enfilo?

—Date vuelta en Mosqueta y nos acercamos a la Tapo. Siempre hay movimiento, gente que necesita transporte ejecutivo.

Se rieron. Enfilaron hacia allá. Siempre vigilados por los ojos electrónicos del c5.

Habla Mickey Güemes

*T*odo lo que te voy a decir es estrictamente off the record, *y te lo cuento en aras de la amistad que sostengo con tu hermano. Aunque te rías, hijo de la chingada, sí me hiciste pasar una de las noches más amargas de mi adolescencia cuando le rompiste la nariz al Arturo Hayton. Sí, era cagante, pero su papá había estudiado en la prepa con el mío. No, mi papá no nació en España, ya nació aquí, ¡si mis abuelos llegaron adolescentes huyendo de la Guerra Civil! ¿Que por qué ceceaba? Cabrón, así son los asturianos, mi jefe nunca vivió en España, sólo iba los veranos, igual que nosotros. Pero las costumbres de la tierruca son muy difíciles de abandonar. ¿No ves que a mi papá lo obligaron a usar pantalón corto hasta que tuvo las piernas velludas como gorila? ¡Te lo juro! ¿Otro trago? ¡Ah! ¿Estás de servicio? Sí, claro, una no es ninguna y dos son la mitad de una, y como una no es... ¿Qué? Ah, lo del Ruso. El Ruso, así le decíamos a Gavlik por su familia. El papá llegó de Moscú o de Varsovia o sabe de dónde coño, era científico. Gavlik era esa clase de cabrón adorable al que todos envidian pero que nadie puede odiar, con una sonrisa que derretía a las mujeres y se echaba al bolsillo a los cabrones, algo fundamental en esta profesión. Había seguido la ruta de todos los publicistas, empezó como auxiliar de arte en una agencia grande y luego se fue abriendo camino poco a poco. Éste es un negocio de caníbales. ¿Cuál no lo es? ¿O qué, tú te imaginas que los poetas son solidarios y amorosos entre sí? ¡Ni madres, cabrón! Se han de comer* *vivos; no lo sé, no conozco a ninguno. En la publicidad, el que no pasa por encima de los demás, no avanza. Se queda en lo mismo durante años. A un cabrón, una de las mejores personas que conozco, lo dejaron congelado quince años en el mismo puesto de director de arte para una galletera, ¡quince años! El pendejo tenía la esperanza de jubilarse o de que lo corrieran e indemnizaran, pero ninguna de las dos, lo obligaron a renunciar cuando descubrieron que le robaba a la agencia. Sí, claro, acá también hay mucha corrupción. Aquel sujeto no sé, pero conozco millones de historias de asignaciones arbitrarias para producciones de comerciales donde los presupuestos se inflan cuatro o cinco veces, ¡hasta más! Justo el Ruso no era famoso por eso, él estuvo involucrado en un caso extraño en que un narco célebre se acercó a su agencia para que le hicieran una limpieza de imagen. Sí, el Pinto, exacto. Que lo ejecutaron antes de que lanzaran la campaña; iban a hacer una película o una serie de Netflix o algo así. Después de ese, hum, ¿escándalo?, el Ruso se asoció con el que era su dupla. ¡Sí, ándale! Como las parejas de policías. ¿Tú eres el policía bueno o el policía malo? Ja, ja, ja. Ah, eso no pasa en el mundo real. ¿Acá todos son policías malos? Ah. Como sea, junto con Cobo, un paisano español, bueno, paisano mío... No, yo también nací aquí pero lo asturiano se lleva en la sangre, tío, no en el certificado. ¡Joder! ¿Quieres que te cuente la historia o no? Es que, ¡coño!, pareces el mismo chaval de hace veinte años. No, si no me pongo pendejo, es que no me dejas contarte la historia. El caso es que se asoció con Cobo, un valenciano, me parece, y con Matías Eduardo, un cubano de Miami cagante que se sentía gringo. Después del asunto del Pinto, por alguna razón, les llovieron cuentas. Todo mundo se quería anunciar con ellos. Durante algún tiempo fueron la agencia pequeña de moda. Aquí tienes que entender que un creativo publicitario generalmente se hace famoso en una agencia grande y llegado a cierta edad, por ahí de los cuarenta, o se mueve o desaparece, porque se vuelve muy caro. Muchos fundan sus propias empresas e intentan llevarse a los clientes, pero las agencias grandes no suelen permitirlo. Por eso, crean otros negocios, abren restaurantes o bares. Sí, como éste. Es mi plan de retiro. Pero yo no soy publicista, yo musicalizo y produzco audio. Ya ves que era* DJ *desde chavo. Nomás que ni Samuel ni el Gordo ni tú iban a mis fiestas. Y menos desde aquel día que mis compañeros de la prepa les pusieron una madriza después de tu… hazaña. ¿Te dije que el pinche Hayton todavía tiene problemas para respirar? Ja, ja, ja, siempre fue un mamón insoportable. Ahora trabaja de financiero para Citibank. Como sea, hace poco el Ruso y sus socios se vieron inmiscuidos en un escándalo. ¿Sí te enteraste? Exacto, que hasta salió en* Proceso. *Pero no les pudieron comprobar ni madres. Nada. No, güey, sus números cuadraban. Por más auditorías que les hicieron, todo estaba en orden con el* SAT. *Sí, claro, todos los videos sí estaban subidos a YouTube, con una producción impecable, pero eso no es delito, ¿o sí? No, yo no supe nada. Se rumoraba que los presupuestos estaban inflados hasta ocho veces, pero a mí ya no me tocó trabajar con ellos, chambeaban con productoras más grandes. O más mochadas que nosotros, ja, ja, ja. Lo curioso, esto te lo cuento entre nos, es que en cuanto ganó la oposición las elecciones, Cobo abandonó el país y, según se rumora, le cedió su parte de la empresa a los otros dos socios. Pero aquí viene lo más extraño: hace unas semanas Matías Eduardo llegó de emergencia al Hospital ABC con una peritonitis, ¡y se quedó en la plancha! Así, sin mayor explicación. Imagínate lo que pensó todo mundo cuando el Ruso apareció muerto hace unos días. ¿Al velorio? Claro que fui. Había trabajado con André en muchas ocasiones. No, hace mucho que no, como te dije, aunque su agencia es pequeña, ya jugaba en las ligas mayores. Puras cuentas pesadas. Bancos, alguna automotriz y la famosa cuenta del Jitomate Mexicano. ¿Qué pienso yo? ¿De la muerte de Mati y el Ruso?* (SE QUEDA PENSANDO UN LARGO RATO.) *No sé, cabrón. Prefiero pensar que no están relacionadas. Eso significaría que el siguiente es Cobo, y si yo fuera él, me estaría cagando de miedo allá en la Madre Patria. No, prefiero no pensar en ello. Prefiero quedarme en mi productora, sonorizando, musicalizando y poniendo música los jueves. Es muy modesto, pero no temo por mi vida.* (GUARDA SILENCIO UN MOMENTO.) *¿Seguro que no quieres otro trago? Invita la casa. Por los viejos tiempos. Y por la madriza que le puso tu papá a mis amigos.*

Valencia

Cada sombra, una posible amenaza.

Cada ruido estridente, un balazo. Una explosión.

Todo desconocido con el que se cruzaba, un presunto sicario.

Había renunciado a ir a la playa. Se había mudado a otro apartamento, solo, para proteger a su familia. Vivía en el encierro.

Insomnio.

La angustia, un hueco helado en el pecho.

Su estómago, una caldera de ácido.

Cobo se estaba cagando de miedo.

"*Esto* es el infierno", pensaba.

Soriano

—¿**D**octor Jiménez? David Soriano, policía de investigación —digo al mostrar mi placa, apenas entro al consultorio.

El médico me observa con la desconfianza con la que nos ven a todos los judas, aunque parece sorprenderse al verme. No correspondo con la imagen que la gente tiene de un tira.

—Sí, sí, me dijo mi secretaria. Siéntese, por favor.

Lo hago. Sin mayor trámite, él abre fuego:

—Antes que nada, le advierto, amigo, no quiero problemas, y el que me busca, me encuentra. El exprocurador Morales Lechuga es mi primo.

Usa el tono altanero de los poderosos, de los que jamás tienen que decir "por favor". Lo observo cuidadosamente. Es un hombre de unos sesenta años, alto, con el cabello que le queda en la coronilla totalmente blanco. Rasgos afilados, como de halcón. Si su actitud no me pareciera tan antipática, diría que es *distinguido*.

Pinche palabrita: *distinguido*. En este país es todo aquel que no tiene cara de indio.

Como yo. Por eso el Járcor me mandó a esta averiguación. Al él no lo dejarían ni entrar al lobby.

País de mierda.

—Doctor —digo en tono conciliador—, le aseguro que no

es nada que lo involucre a usted. Se trata de una investigación, digamos, de rutina —me odio por usar una frase televisiva.

El médico parece relajarse.

—Se trata de un paciente suyo: Matías Eduardo.

Se tensa de nuevo.

—Comprenderá, oficial, que la información de todos mis pacientes es confidencial.

—Usted extendió el certificado de defunción —leo mis notas, ignorándolo.

—Confidencial —repite, masticando cada sílaba—. No soy *esa* clase de médico.

—El certificado lo es, pero el acta es pública y se puede consultar libremente —digo al mostrarle el documento, que imprimí en el módulo del Registro Civil de una plaza comercial—. También comprenderá, doctor, que el Ministerio Público puede citarlo a declarar, lo cual no sólo sería una pérdida de tiempo sino que además lo pondría en una situación muy incómoda frente a *sus* pacientes y el hospital —y lo rocío con la mirada más helada de mi repertorio.

Me devuelve la expresión de odio. Lo disfruto: no todos los días tienes a un depredador acorralado.

—Dígame, agente.

—Dice aquí que Eduardo murió por una peritonitis bacteriana espontánea —levanto la vista hacia él—. ¿Qué significa eso?

El gastroenterólogo carraspea, incómodo. Comienza a explicarme manoteando, como si dibujara esquemas en un pizarrón invisible.

—El paciente llegó con una infección en el abdomen, esto secundario a una cirrosis...

—¿Producida por el alcohol?

—Sin duda. Es muy probable que la peritonitis haya sido asintomática durante varios días o semanas, incluso, hasta que la acumulación del líquido en el peritoneo lo rebasó. Llegó al hospital con dolor abdominal agudo e íleo adínamico.

—¿Qué es eso?

—Parálisis abdominal. Los intestinos se niegan a ejecutar la peristalsis.

—¿Es decir…?

Me miró durante un segundo antes de decir:

—Se reventaron repletos de mierda. No sabe lo que fue abrirlo. El cuadro se complicó con falla renal y encefalopatía. El riñón deja de filtrar sustancias tóxicas que se van al cerebro y éste lo resiente. Antes de que lo entubaran sólo hablaba incoherencias.

Mi expresión de sorpresa debe de ser muy evidente.

—¿Qué esperaba? ¿Que le dijera que lo envenenaron en el hospital por sus escándalos? Su hígado era una bomba de tiempo. No puede beberse alcohol en esas cantidades durante tantos años y esperar buena salud. Tenía antecedentes cardiacos, un infarto hace varios años e hipertensión; el análisis hematológico encontró restos de cocaína en el flujo sanguíneo. De usuario crónico.

Guardo silencio unos instantes antes de preguntar:

—¿Qué edad tenía?

—Sesenta y ocho años. Antes vivió hasta esa edad.

—¿Era su paciente antes de…?

—No, llegó a emergencias y lo canalizaron conmigo. No sabe cómo lo lamento.

Nos miramos en silencio.

—¿Hay alguna posibilidad de que…?

—No, agente, no hay ninguna conspiración aquí. Matías Eduardo le pidió prestados muchos años a su vida. Le cobraron la factura con interés compuesto.

Para este momento, su tono hacia mí se ha suavizado. Incluso leo en su mirada cierta complicidad.

—En ese caso, le agradezco su tiempo, doctor —me levanto y le ofrezco la mano para despedirme.

—Oiga, agente, aprovechando que está aquí —dice al estrecharla.

—Dígame, doc.

—Hay… un desgraciado que me estafó una lana con el cuento de unas inversiones *off shore*.

—Denúncielo.

Continúa, como si no me hubiera escuchado:

—¿No habrá manera… de darle un susto?

Lo miro unos segundos antes de decir:

—No soy *esa* clase de policía, doctor. Buenas tardes.

Salgo del consultorio sin decir más. Jiménez se queda en su lugar, el rostro enrojecido, la mandíbula trabada.

Me gustaría reírme, pero arruinaría mi salida cinematográfica.

Corte a... (2)

La CONDUCTORA aparece a cuadro y dice a la cámara:

CONDUCTORA: Esta noche, en el noticiario, aparece el teléfono celular de André Gavlik cuando lo intentaban revender en las inmediaciones de la Plaza de la Tecnología. De los asesinos, ni rastro.

Corte al rostro de un hombre de mediana edad, rodeado de micrófonos. Un rótulo lo identifica como ARMANDO PAREDES: ABOGADO DE LA FAMILIA GAVLIK.

PAREDES: Efectivamente, logramos recuperar el teléfono de mi cliente, lo cual podría reforzar la teoría de que fue un asalto. Lo que indigna es que la policía siga cruzada de brazos.

Corte a la imagen de un hombre que desciende de una patrulla, llegando a los juzgados. Los reporteros se arremolinan a su alrededor. Es identificado como RUBÉN RUBALCAVA, POLICÍA DE INVESTIGACIÓN; a pregunta de un reportero que casi no se escucha, responde:

RUBALCAVA: Ya le dije, estamos trabajando al máximo de nuestras capacidades para esclarecer este asunto. No tengo más que agregar.

Corte a la CONDUCTORA.

CONDUCTORA: Una vergüenza. Nadie está a salvo en esta ciudad. En otro orden de ideas, ¿participó un cártel mexicano en la conspiración para asesinar diplomáticos saudíes en territorio estadunidense? Toda la investigación aquí. Esto y más, hoy a las diez. Lo espero.

Sonríe antes de que la pantalla funda a negros.

Algo va a valer verga

*O*y me desperte con la sensasion de que algo ba a baler berga, escribió Jorge a Poncho por el WhatsApp.

No sea puto, le respondió su cómplice.

La tira nos la pela, añadió unos minutos después.

Jorge comenzaba a teclear una respuesta cuando entró una
llamada de Poncho.

—Tengo algo para ti, pinche compadre.

Se conocían desde adolescentes. De las calles del barrio.
Poncho era un par de años mayor. Comenzaron echando caguama en la banqueta. Se siguieron con la mota. Después, la
coca. Siguió la progresión natural: robo de autopartes, asaltos
a transeúntes, atracos a farmacias y tienditas.

Pasaron una temporada juntos en el *Tribilín,* el Tutelar para
Menores. Poncho, más alto y robusto, siempre defendió a Jorge a cambio de todo tipo de favores.

Jorge sentía afecto legítimo por Poncho. El otro... le tenía
aprecio.

Crecieron. Jorge intentó enderezarse. Entró a trabajar a una
fábrica de la zona. El encierro lo enloqueció, acaso le recordaba el Tutelar. Prefirió manejar un pesero.

Poncho siguió en las mismas. Cayó un par de veces en el
ReNo, el Reclusorio Norte.

Jorge tuvo un hijo. Le pidió a Poncho bautizárselo. Un par

de años después, la mujer lo dejó. La golpeaba a ella y al niño. Supo que se fueron a algún lugar del sur. Nunca supo cuál. No volvió a verlos.

Se metió a manejar un taxi.

Poncho no.

Se juntaban a ver el fut, unidos por la afición incondicional al Cruz Azul. Bebían cerveza. Cuando había dinero, se metían un par de líneas.

Jorge logró ahorrar un poco. Decidió dar el enganche para un auto. Pensaba trabajarlo como Uber. En una borrachera, Poncho dijo que tenía una idea. Le mostró un frasco de gotas oftálmicas.

—¿Qué es eso, pinche compadre? —preguntó Jorge, ya embotado.

—Las sustancias de los sueños —contestó el otro.

Pero Jorge tenía miedo. Le preocupaban los videos filtrados a la televisión. Poncho intentaba calmarlo en vano. Hasta una mañana que lo llamó al celular y lo despertó.

—¿Qué pasó, compadre? —preguntó Jorge, somnoliento.

—Pasa por mí, compadre. Tengo algo para ti.

Como siempre, desde que tenía trece años, Jorge obedeció. Recogió a su amigo, en la colonia vecina.

—Jálale a la Marquesa, compadre —ordenó Poncho, sin saludar.

Enfilaron hacia allá por el Viaducto.

Poncho iba bebiendo cervezas en lata de un six pack. No le ofreció a Jorge. Cuando llegaron a la salida a Toluca indicó a su amigo que tomara la carretera libre, luego que se desviara hacia Chalma y se perdiera por caminos secundarios.

Rodaron en silencio largo rato hasta que Poncho dijo:

—Párate aquí, compadre.

Jorge orilló el auto y apagó el motor.

—Vente por acá —indicó Poncho, descendiendo del auto.

Se internaron en el bosque ante la perplejidad de Jorge. Cuando halló un claro, Poncho extrajo de su chamarra un bulto envuelto en una franela roja.

Jorge sintió terror cuando descubrió un arma dentro del paño.

—No mames, compadre.

—¡Oh, calmado, compadre! Se la conseguí con el Tiburón.

Se refería al amigo que les compraba todos los productos de sus fechorías, al que había conocido a su paso por el Reclu. Un tipo que a Jorge le parecía siniestro, aunque fuera incapaz de verbalizarlo.

—Pero… pero…

—¡Oh, usté tranquilo y yo nervioso! Mira, pinche compadre, te conseguí este fierro.

—Yo nunca he disparado…

—Por eso vinimos hasta acá. Para que practiques.

Mostró orgulloso el arma, una escuadra Llama calibre 0.380.

—No quiero que andes con miedo por ahí, pinche compadre.

Jorge lo observaba en silencio.

—Pero como sé que eres medio pendejo —prosiguió—, te conseguí una con tres seguros, no se te vaya a ir un tiro y para qué pinches quieres.

El otro asintió.

—Para esto traje las cervezas, no creas que tiene uno vicios. Mira, ¿ves ese tronco? Llévate hasta allá las latas y ponlas paraditas, en fila.

El otro obedeció sin chistar, caminando los veinte metros que los separaban del árbol caído con paso cansino. Colocó tres latas sobre el árbol. Cuando volvió, ya Poncho empuñaba la pistola como un trofeo.

—Mira, compadre, así se corta cartucho.

Apuntó el arma a Jorge.

—Compadre, ¡no mames!

Apretó el gatillo varias veces. Jorge se sintió desfallecer.

El arma no funcionó. Lo único que detonó fue la carcajada de Poncho.

—¡No te asustes, compadre! Tiene puesto el seguro.

Cuando recuperó el alma, Jorge dijo:

—Te la mamas.

—Una bromita, una bromita. No te me engoriles. Es para que veas la efectividad de los seguros. No quiero que vayas a hacer una pendejada. Acuérdate de que las armas las carga el diablo, y una cosa es que te tuerzan por andar de gotero y otra, muy distinta, que te me entamben con un muertito encima.

Jorge lo miraba, furioso.

—Ya, ya, ¿quién lo quiere, quién lo quiere? Mire, ojete, para que no se enoje, le voy a enseñar a tirar. Como viste, para cortar cartucho jalamos de aquí atrás. Luego, tienes que botarle este seguro de cerrojo, apretar el seguro de la cacha y el del martillo, así...

Jorge asintió.

—Y entonces ya puedes tirar.

Disparó hacia la hilera de latas. Una pequeña nubecita de polvo se levantó a dos metros del tronco.

—Claro que hay que apuntar con cuidado —indicó Poncho, que disparó otras tres veces, sin atinar una sola. Cuando el último tiro dejó de resonar, los dos amigos miraron a las latas, que parecían burlarse de ellos. Un viento fresco las derribó—. Eeeh... ¿quieres intentar, pinche compadre?

Jorge empuñó el arma.

—Tómala con las dos manos, abre las piernas y dobla los codos, para absorber el impact...

Jorge disparó tres tiros. Las latas brincaron de su lugar. Durante un instante, los dos compadres observaron los envases, sin saber muy bien qué hacer.

—Pa' su pinche madre... —murmuró Poncho.

Fueron hasta las latas para revisarlas. Todas estaban perforadas.

—Míralo, compadre, hijo de la chingada, aprendes rápido —aprobó Poncho, sorprendido.

Atónito, Jorge miró el arma en su mano como si fuera una extensión de su cuerpo. Se sintió poderoso.

—¿Quién te viera, compadre? —lo arrancó Poncho de su

paroxismo—. Nomás acuérdate de los tres pinches seguros. Sobre todo el primero, el de cerrojo. Siempre déjaselo puesto.

Jorge no podía despegar los ojos del arma.

Poncho lo tomó de las mejillas, obligándolo a verlo a los ojos.

—Te vuelvo a repetir, compadre, no olvides ponerle el seguro.

Jorge no estaba ahí. Un éxtasis que jamás había experimentado se había apropiado de su cuerpo como una posesión satánica. Con el arma en la mano, era dueño de la muerte. Nada habría de detenerlo.

Nada, excepto los tres seguros de la pistola.

Biografía precoz (3)

No era un mal trabajo. Todo lo opuesto. Productor de un programa de radio en el IMER.

Sonaba mucho más glamoroso de lo que era.

Se trataba de un programa patrocinado por el Instituto de Investigaciones Filológicas de la UNAM, transmitido todos los domingos a las siete de la mañana por una estación de AM. En él, una locutora entrevistaba cada semana a un especialista en lengua sobre el origen de las palabras.

—No, pus chingón —le decía su hermano, el Gordo.

Se grababa los martes al mediodía. El Jar era responsable de coordinar invitados, musicalizar y carrerear al operador para que grabara y editara.

Había empezado haciendo su servicio social en el IMER. Se siguió con las prácticas profesionales y terminó contratado en la categoría más modesta del escalafón, como *freelance* con un sueldo irrisorio.

¡Pero era un profesional de los medios! No como sus compañeros de generación, que conducían un pesero o arreglaban uñas en salones de belleza.

Hasta un día en que su jefe, el coordinador de Producción, lo llamó a su oficina.

—¿Quería verme, licenciado?

—Sí, Robles, pásele y cierre la puerta.

—Dígame.

El hombre, veterano de los medios públicos, periodista de la vieja escuela, locutor con licencia, sopló un suspiro de amarga resignación, abrió un cajón, extrajo una anforita metálica y sirvió un chorrito de Vat 69 en su taza de café, sin ofrecerle al Járcor.

—¿Cuántos años llevas aquí, Robles? —preguntó después de vaciar su taza de un trago.

—Cuatro.

—Aaaah. ¿Trabajas en la estación de rock?

—No, jefe. En el a eme.

—Ah. Lo decía por... —señaló la indumentaria del Jar. No solía terminar las frases.

—No, no, produzco "La magia de las palabras" —hasta el nombre estaba pinche.

—Ah, oh.

Nuevo chorro de marranilla. "Mejor chupar Tonayán, al menos sabes que te estás metiendo solvente", pensó el Járcor. El periodista dio cuenta de su whiskey de un trancazo y dijo:

—No es nada personal, Robles. Ya sabes cómo se las gasta el sindicato.

"Uta, es eso", Ismael pensaba que lo iban a regañar por musicalizar el último programa con canciones de Type O Negative.

—Y, pues, hay un sobrino del delegado sindical que justo encaja en el perfil de la plaza de productor que se acaba de abrir... —continuó el jefe. El Jar se había postulado para esa plaza.

—Pero...

—Ya sé, Robles. No hay nada que hacer. Revisé tu cevé y estás mucho mejor calificado que ese muchacho. Donde manda capitán...

El Járcor bajó la mirada. Su rostro ardía.

—¿Cuánto te falta para terminar el programa de esta seman...?

—¡Chingue su madre, pinche viejo ojete!

El periodista se quedó paralizado, no supo cómo reaccionar.

—Ni se haga, todo mundo sabe que se roba hasta los clips del instituto, que llega a las doce del día y se va a las cuatro, no regresa de comer y se la pasa pedo.

—¡¿Qué te…?!

—Que además se anda cogiendo a Vero, su secretaria, y que si no fuera por Alicia, la de Contenido, esto ya hubiera naufragado. Váyase a la verga con su base para trabajar con hijos de la chingada como usted.

—¿Seguridad? ¡Mándenme alguien a mi oficina! —bramaba el viejo al teléfono.

—¡Ni falta que hace, pinche ruco, ya me boto a la chingada solito!

Volteó el escritorio del jefe con una patada de su bota industrial de casquillo, dio media vuelta y salió pintando dedo. Cuando llegó el Caníbal, uno de los polis de la entrada que era su amigo, le dijo:

—Ni me toques, negro, yo me salgo solo.

No se detuvo por sus cosas, caminó hasta salir a la calle de Mayorazgo. Ahí pateó un par de autos estacionados hasta reventarles los faros y calaveras, corrió al metro y se hundió en los andenes para jamás regresar a ese edificio.

Nunca volvió a trabajar en medios.

Primero se dio una semana sabática. Su mamá comprendió y lo dejó dormir hasta la una de la tarde. Samuel se la pasaba estudiando, ahora estaba aplicando a una maestría. El Gordo…

Bueno, era el Gordo.

La semana acumuló quince días y luego se convirtió en un mes. Era impensable ir a cobrar lo que le debían en el IMER. El dinero, como siempre, empezó a apretar en la casa de los Robles. La situación era peor desde que había muerto el papá, dos años atrás.

Buscó en las dos televisoras. Todos los periódicos, empezando por los más prestigiosos para terminar en los pasquines de nota roja, sin éxito. En las emisoras de radio.

Nada.

Buscó de redactor publicitario, fotógrafo de sociales, en la oficina de prensa de una disquera transnacional, adjunto para dar clases de semiótica en una universidad patito, archivista en una notaría, bibliotecario en un CCH, profesor de español de una secundaria. No se quedó en nada.

Resignado, lleno de pesar, tomó una decisión: se colocaría al volante, igual que el señor Robles, al que tanto había despreciado por ello.

Le llamó a su padrino, compadre de sus papás, que era flotillero. El hombre aceptó encantado darle una unidad, sin ningún privilegio por ser su ahijado.

El primer día trabajó doce horas seguidas para completar la cuenta. El segundo, catorce sin lograrlo, y el tercero lo asaltaron en Mosqueta, en la colonia Guerrero.

Derrotado, regresaba a su casa esa noche después de haber encerrado el taxi cuando vio llegar a su vecino, el Nopal Grajeda, en un Pontiac Trans Am restaurado.

—¡Ah, cabrón! ¿Pues a quién asaltaste, Nopalito? —le dijo cuando el vecino se apeó para abrir la puerta de su cochera.

—Nopal tu puta madre, pinche Hugo, Paco y Luis.

—Uuuuuh, antes me hablabas, ojete.

—Antes no pertenecía a la Corporación, mugroso.

El Járcor se sorprendió.

—No mames, Nopal, ¿en qué andas?

—Me vuelves a decir Nopal y te reviento la madre, pinche Ismael.

—Cabrón, ¿pues qué traes, en qué andas?

Con grosera ostentación, el Nopal sacó de su pechera una charola de la Policía Judicial.

—¡No mames, Nopal! ¿Andas de tira? ¿Te vendiste al pinche sistema?

El Nopal estalló en una carcajada burlona.

—Ay, Ismaelito, tú sigues de pinche punk y mira cómo te va. Muerto de hambre, como siempre.

—¡Güey, me corté el pelo…!

—Mira, cabrón, nomás porque alguna vez me tiraste un paro cuando me iban a asaltar en el Parque de las Rosas te paso un tip.

El Járcor escuchó, atento.

—La tira está contratando. Pagan bien. Piden licenciatura completa o trunca. No seas pendejo y *véndete al sistema*. Eres bueno para los chingadazos.

Dio la vuelta y guardó su auto. El Járcor se quedó unos momentos solo en la calle.

Esa noche, Ismael no durmió. ¿Traicionarse a sí mismo convirtiéndose en un marrano como los que siempre detestó, en un pinche policía judicial? Daba vueltas en su cama improvisada en la sala de la casa cuando entró el Gordo, que venía de echar caguama con los cuates de la cuadra.

—¿Y ora tú, qué traes, carnal? —preguntó el hermano menor.

—Aquí nomás, picando cebolla, carnal.

—Es en serio, tú traes algo.

—Chale, güey, es que me encontré al pinche Nopal.

—Trae un carrazo, el puto.

—Me dijo que anda de tira.

—¡Ah, no mames! ¿Y eso a ti, qué?

—Pues es que me dijo que andan aceptando solicitudes.

—¿En la chota?

—Simón.

—¿Y qué esperas, pendejo? Que de pinche punk no llegaste muy lejos.

Y tambaleándose por las cinco caguamas ingeridas subió a su cuarto a dormir, tratando de hacer poco ruido para no despertar a Samuel.

El Járcor se quedó pensando, en la sala.

De pinche punk no llegaste muy lejos.

Al día siguiente fue a meter su solicitud.

—¿Tiene licenciatura? —preguntó el que recibió sus papeles.

—Sí, señor. Comunicaciones. Titulado.

El funcionario elevó la vista de los documentos que revisaba.

—Ah. Fracasado. Le toca un año de instrucción.

Siguió revisando los papeles del Járcor.

—¿Tatuajes? —preguntó el médico que lo revisaba.

—No —agradeció haber sido tan cobarde para las agujas. Recordó a Morticia animándolo a rayarse.

—¿Hipertensión, diabetes, insuficiencia renal?

—No, no.

—¿Adicción a las drogas, alcoholismo?

—Una copita de vez en cuando —contestó, pensando en el último toque que se había dado, sabiendo que si lo aceptaban en la Policía jamás volvería a probar la mota. Tuvo que llevar un frasquito con orina de uno de los perros del Chango Lamadrid para que no detectaran el tetrahidrocannabinol en el examen antidóping.

—Muy bien, muchacho —dijo el médico—; de vez en cuando no hace daño.

Primer día, primera clase. Cuarenta cadetes. Treinta y dos hombres, ocho mujeres.

El instructor, un policía veterano, entró en silencio en el salón. Lentes de espejo, bigote grasoso, cuerpo de exatleta que se dejó engordar. En pants.

Caminó cojeando hasta el escritorio, se sentó, subió las patas, cruzó los brazos sobre el pecho de barril y miró con desprecio a los flamantes cadetes.

—Todos los que están aquí, todos ustedes, desde ahorita están muertos.

Silencio.

—O en la cárcel. Ustedes eligen.

El siguiente año percibió un sueldo de suboficial de la Policía Judicial. Cada que volvía a casa, golpeado y humillado por sus instructores y compañeros, decía entre bromas que a él le pagaban por recibir chingadazos. Sus hermanos se reían. Su mamá sufría en silencio.

"No es que me enseñen procedimientos de investigación, derecho penal, defensa personal o a disparar armas", le escribió a Morticia en una de las docenas de cartas que comenzó y nunca concluyó. "Me están entrenando a soportar el estrés. A sobrevivir en las calles."

Se quedó viendo las palabras en la hoja de papel. Pinche Morticia. Prosiguió:

¿Sabes, Muertita? Te sorprendería saber que ser tira no es tan diferente de ser punketa. El gobierno te patea. La sociedad te patea. Los instructores te patean. Los mandos superiores te patean. Los criminales te patean. Los compañeros te patean. Los intelectuales te patean. Los medios de comunicación te patean. Chingado, hasta los novelistas policiacos te patean. Pero hay algo, algo que te inculcan en la academia, que te obliga a seguir. A portar con orgullo esa etiqueta de *freak,* de *outsider:* soy un cabrón, soy un hijo de la chingada. Soy policía judicial. Y eso, Muertita, eso es algo muy cabrón.

Vio lo que acababa de escribir. Se sintió ridículo, arrugó la hoja y la tiró a la basura. Si Morticia se enteraba de que se había metido a la tira, le escupiría a la cara.

El día que se graduó de la Academia, su mamá y sus dos hermanos fueron a la ceremonia. La mujer sonreía, orgullosa. Sus hermanos también, con expresiones burlonas.

Cuando escuchó su nombre, pasó al estrado por su diploma. Lo que le dijo el director de la Academia al entregarle el documento no lo olvidaría nunca en su vida:

—Felicidades, Robles. A partir de hoy ya le creció un tercer testículo. Échele güevos —dijo el policía veterano en un susurro.

—¡Sí, señor!

—Y a partirle su madre a la Maña —agregó el director, estrujando la mano del Járcor.

El Nopal Grajeda no alcanzó a felicitarlo. Esa misma semana lo mataron.

¿Quién eres, Matías?
(habla el Ángel de la Muerte)

Mati, Matt, *my sweet* gallego. Matías Eduardo, *Edualdo*, como lo pronunciaban tus colegas del Colegio Champagnat en La Habana. Tu ciudad amada. ¡Cómo te gustaba caminar de regreso por la 23 hacia tu casa, para escuchar en la radio a escondidas el juego de pelota del Almendares, las canciones de Beny Moré o el programa de Tres Patines con Rosario, la mucama negra que vivía en la casa de tu familia con un niño de tu misma edad, negro como la noche, que bajaba la vista cada que llegaba a cruzarse contigo y que estaba obligado a dirigirse a ti con el mismo respeto que a tus padres! "Salude al joven Matías", le ordenaba Rosario, y el negrito murmuraba "Buena' noche', señorito" con ese acento cantarino de la baja Habana. "Buenas noches, Eusebio", le contestabas para de inmediato agregar "ya te puedes retirar" y el niño, de tu misma edad, exactamente de tu estatura, flaco como un alambre, su cabeza rapada para combatir a los piojos, se alejaba con la mirada clavada en el piso, sin atreverse a verte a los ojos. Porque tú, Mati, eras hijo y nieto de abogados venidos de España, *sí señó*, ¿qué edad tenías cuando llegaron los barbudos? ¿Ocho años, diez? Cuando triunfó la Revolución y sólo tu madre y hermanas alcanzaron a salir con lo puesto de la isla, para no presenciar cómo los caimanes hijos de puta se apropiaban de su preciosa casa de la 23 y 16. Atrás se quedaron tu hermano, tu padre y tú. ¡Ay, Mati! Cómo se le rompió el corazón a tu viejo cuando vio derrumbarse su mundo, cuando los barbudos tomaron el Casino Español y las casas del Vedado, cuando en el nombre de la Revolución le quitaron el Ford Fairlane 1957, el tocadiscos RCA Victor y la televisión Admiral donde tanto te gustaba ver al Pájaro Loco. Cómo sufriste el resentimiento de tanto negro y mulato, furiosos por tus ojos azules y cabello rubito. Nunca olvidarás el día que llegaron los soldados, una horda de campesinos miserables que ahora portaban orgullosos uniformes color oliva enviados desde Rusia que les quedaban enormes, ellos que jamás conocieron el roce del lino o el algodón y a los que ahora, tribu de trogloditas, les brillaban los ojos al ocupar la casa de la familia Eduardo para convertirla primero en una escuela, luego en un cuartel y finalmente en la residencia de un general barbudo hijo de puta sin más mérito militar que ser amigo de Fidel y Camilo y el Che. Ése fue el último día que lloraste, mientras los soldados, que un año antes no hubieran podido verte a la cara sin hablarte de usted, ahora reían diciendo "miren cómo llora el rubito, ay, pobrecito del opresor, miren tremendas lágrimas, señora Santana, ¿por qué llora el niño? Por una manzana que se le ha perdido…". Jamás gota de agua volvió a escapar de tus ojos, ni cuando murieron tu padre y tu madre, ni cuando abandonaste la isla para siempre. Pero aún faltaba mucho para ello. Te esperaban años de penurias en las nuevas escuelas comunistas, mezclado con hijos de campesinos y obreros, apretujados en galerones miserables que nada tenían que ver con los hermosos salones del colegio marista. Qué duros habrían de ser esos primeros tiempos en los que se prohibieron las misas y desaparecieron la Asociación Cristiana de Jóvenes y los Niños Exploradores, cuando te obligaron a convertirte en un joven *pionero* y tuviste que hacerte pasar por un rojo, cantando loas a Fidel, Camilo y al más despreciable de todos, al maldito Che. Qué duros habrían de ser esos tiempos en los que pisaste por primera vez una guagua asquerosa, mezclado con la negrada miserable. ¡Cómo habrías de añorar el jabón Suave y la pasta Gravi, que anunciaba en la tele Celia Cruz cantando "consuma productos cubanooooos, que así también se hace patriaaaaaa…"! *Patria, patria*, qué palabra tan hueca en boca de los rojos, que te arrancaron tu Cubita hermosa el día que bajaron de la sierra para jamás devolvértela. Qué amargas fueron esas primeras etapas de la Revolución, cuando los militares soviéticos sustituyeron a los empresarios gringos, paseándose en los autos confiscados a familias de bien como la tuya, del brazo de hermosas mulatas, bebiendo ron y fumando aquellos puros de aroma alquitranado que habían intercambiado por vodka y latas de arenques del Báltico. ¿Qué pasó en esos años, Mati? ¿Dónde fueron a dar esas horas, esos días en que fuiste prisionero en tu propia isla, extranjero en tierra extraña? Se consumió tu niñez en la tristeza, eso pasó. ¿Volviste a sonreír alguna vez? ¿Cómo transitaste a la vida adulta, tu adolescencia arrancada de tajo por la puta Revolución de mierda, a la que siempre te negaste a llamar *Revolución Cubana*? ¿Es verdad que fingiste ser un comunista ejemplar? ¿Qué cantaste loas a Fidel y el Che, a Mao y Kruschev? ¿Es cierto que elogiabas a Karl Marx —*Ca'lo Man*, le dicen allá—, sintiendo cómo te quemaban la boca las consignas a favor del proletariado mientras que por las noches, con tu papá y tu hermano, soñaban con delirantes planes para atravesar en alguna lancha improvisada con neumáticos de auto y tambos vacíos de metal las 228 millas que separan Miami (Mi-a-mi, no *Mayami*) de La Habana? Se sabe muy poco, casi nada de tu juventud. ¿Te uniste a las juventudes comunistas? ¿Participaste en las brigadas de alfabetización en la sierra? ¿Trabajaste en la zafra? ¿Es verdad que traficabas botellas de Coca-Cola, goma de mascar y cigarrillos Pall Mall y Lucky Strike en los alrededores del Hotel Habana Libre? ¿Que eras el terror del Malecón, con tus jeans Levi's y camisas hawaianas traídas de contrabando desde Puerto Rico? ¿Es cierto que llegada la mayoría de edad y cumplido el servicio militar coqueteaste abiertamente con la disidencia local? ¿Que en el apartamento de mierda que dio a tu familia la Revolución de mierda a las afueras de La Habana escondían un radio de onda corta armado con piezas que durante dos años fueron juntando de cacharros inservibles? ¿Que se juntaban todos tus vecinos a escuchar Radio Martí fingiendo que estudiaban el *Manifiesto comunista*? ¿Que pisaste varias veces la cárcel preventiva por escuchar a los Beatles y dejarte el cabello largo? ¿Que eras amigo de Silvio Rodríguez en sus primeros años pero no por la música, sino porque los dos dibujaban caricaturas que intentaron inútilmente publicar en la revista *Mella*, que editaban los rojos y en la que colaboraban dibujantes como Virgilio, Posada y Nuez? ¿Es cierto que Nuez te dijo que no tenías una gota de talento, galleguito de mierda, que mejor te dedicaras a traficar golosinas gringas en el mercado negro? Imposible saberlo. No hablabas de tu vida en la isla. No hablabas de tu vida. Quienes te conocieron a lo largo de ella convivieron con una sombra, con un fantasma. Quizá por eso no tienes amigos, sólo intereses. Tanto te golpearon en Cuba que nunca volviste a confiar en nadie. Quizá por eso se tejieron tantas leyendas alrededor de ti. Que si vendías puros Cohiba falsos en el Malecón. Que si eras un infiltrado de la Policía de La Habana en los círculos hippies. Que si fuiste agente de la CIA infiltrado en las Juventudes Comunistas y luego en la UNEAC. Lo cierto es que algún día te metiste en líos con el Comité local cuando alguien te delató por tener discos de los Beatles. Estuviste a punto de ir a la cárcel, lo hubieras hecho de no haber sido por tu hermano, que se había convertido en un auténtico rojo y escalado posiciones en la Unión de Jóvenes Comunistas. Él logró que te colocaran en un estudio de diseño como asistente de cartelistas para *reintegrarte*. Ahí te enamoraste de la publicidad, llamada *propaganda* por todo buen marxista. Del poder del mensaje masivo. De la creatividad. A tu hermano mayor, bautizado en mala hora Ernesto, de tanto repetir "¡Seremos como el Che!" se le secó el celebro de manera que vino a perder el juicio. Dicen que tu padre se murió de tristeza cuando Ernesto Eduardo decidió unirse al Partido Comunista. Dicen que ahí se derrumbó el viejo. "Tú que cruza esa puelta", amenazó a su primogénito aquel día que llegó disfrazado de caimán barbudo, "y para mí que tú está muelto." Nunca volvieron a verlo. Seis años te separaban de Ernesto. Acaso por eso te dolió menos la separación: él ya era un hombrecito cuando tú aún leías historietas del Llanero Solitario. ¿O te devastó y lo sufriste sin chistar para consolar al viejo? Acaso por ello guardaste un rabioso silencio al ver a Ernesto cruzar la puerta del apartamento de mierda para salir de sus vidas. "Te fuiste de mi vida sin una despedida, / dejándome una herida dentro del corazón", cantaba Beny Moré mientras tu padre, abatido de dolor, lloraba sobre la mesa de madera fabricada en Checoslovaquia que les había dado la Revolución de mierda para amueblar su apartamento de mierda. Eras idéntico a tu hermano, Matías. Y él a tu padre: corpulentos descendientes rubios de guerreros celtas venidos del norte de España a un pedrusco rodeado de agua en medio del Caribe. ¿Al cuánto tiempo murió tu viejo? ¿Cuánto resistió la ausencia de Ernestito, como lo llamaba cuando ya su hijo era un hombretón velludo de barba cerrada? No se sabe, como tantas cosas en tu vida. Dicen que lograste sepultarlo al lado de tus abuelos en la necrópolis Cristóbal Colón, tú solo, acompañado únicamente por los sepultureros negros que te observaban curiosos desde lejos, sin entender por qué el rubito no lloraba. ¿Qué pasó después? ¿Es cierto que dejaste el estudio de diseño para trabajar en la televisión cubana? ¿Que al paso de los años tu apellido (*"Edualdo… Edualdo… ¡Chico!, ¿ere bródel del rubio ese, el amigo de Robertico Robaina?"*) te abría puertas por todos lados sin que tú lo solicitaras? Seguiste viviendo en ese apartamento de mierda, pero con el tiempo fuiste mejorando tus ingresos. Ya no traficabas goma de mascar y sodas, ya trabajabas en la televisión. Y entonces desapareciste del radar. Una vez más te esfumaste de la historia. ¿Cómo saliste de Cuba, en qué año? ¿Te escapaste durante un viaje a Venezuela, en 1979, para comprar cámaras para la televisión cubana? ¿O fue en un festival de cine en el lado oriental de Berlín, en 1981, donde un amigo diplomático mexicano, jovencísimo agregado cultural, te escondió en la cajuela de su auto? ¿Saliste en una balsa abarrotada de criminales y locos durante el éxodo de Mariel? Alguna vez contaste que en tu última noche en La Habana te detuvo un policía. Un negro de tu edad que te parecía vagamente familiar. Que no había motivo y sin embargo te exigió identificarte. "¿A qué te dedicas, qué haces por aquí a esta hora?", te preguntaba incisivo. Que como no pudo acusarte de nada, te devolvió furioso tu carné de identidad para acto seguido doblarte de una patada en el estómago. En el piso alcanzaste a escuchar que te decía: "Buenas noches, *señorito* Matías. Mi madre lo recuerda aún", mientras se alejaba. Ahí, tirado sobre una acera del Malecón, juraste jamás volver a esa isla que amodias, que odiamas. Y en ese momento, Matías, arrancaste a Cuba de tu corazón como quien se amputa un miembro gangrenado y la lanzaste al mar, lejos de tus afectos, a la Cuba comunista que te fue quitando todo, tu casa, tu padre, tu hermano, tu identidad, hasta reducirte a un fantasma que esa noche imprecisa durmió por última vez en su patria para abandonarla y no volver jamás. Esa noche te transformaste en una sombra y jamás recuperaste tu condición humana. Desde entonces, la estela de leyendas que dejas a tu paso se ensancha. Eres viento que se desliza por los márgenes de la historia. Lo estrictamente cierto es que reapareces varios años después en Miami. No Mi-a-mi, *Mayami*, trabajando de ejecutivo de cuenta en la oficina local de McCann-Erickson, llevando Coca-Cola. ¿Influyó que Roberto Goizueta, CEO de Coca-Cola, fuera cubano? Nunca habrá de saberse cómo sorteaste las 228 millas; abandonaste tu isla amada con el corazón roto, como quien se aleja herido de los restos llameantes de un choque automovilístico para jamás voltear hacia atrás, la isla extirpada de tu corazón para siempre, anhelando el bálsamo del olvido. Quizá por ello tu obsesión por hablar siempre en inglés, Mati, para borrar el amargo recuerdo de Cubita la bella, que se quedó en medio del mar para ser saqueada y vuelta a saquear, primero por los españoles, luego por los gringos, después los rusos y luego los canadienses y españoles de vuelta. La cicatriz imborrable de haber nacido en La Habana te perseguiría el resto de tu vida, aunque allá te llamaran gallego, pese a que tu familia venía de Santander y en Miami te llamaran cubano y en Cuba, gusano. ¿De dónde eres, Matías? De todas partes y ninguna. *"American"*, contestabas orgulloso mostrando tu pasaporte azul, azul como tus ojos que en Florida te permitían camuflarte entre los gringos hasta la hora en que abrías la boca y todas tus palabras olían a moros con cristianos y mantecadito de banano, para burla de los otros. Esas risas crueles te hicieron renunciar para siempre a los versos de José Martí y abrazar los de T. S. Eliot, olvidar los Industriales de La Habana y abrazar la afición por los Marlins de Florida, dejar de comer sándwiches cubanos y aficionarte a las *cheeseburgers*, dejar de escuchar a Beny Moré a cambio de Bob Dylan. Lo único que mantuviste intacto fue tu devoción religiosa por la Coca-Cola. Eran los ochenta, Matías. La edad de oro de la cocaína colombiana. Descubriste los placeres de los paraísos artificiales. Nada que ver con las borracheras de ron y los ocasionales porros fumados en la isla. Fuiste un protagonista privilegiado del desenfreno de aquellos años, un *socialité* del exilio. Existe una foto donde apareces con Andy García, sobre la que te niegas a hablar. Otra, comiendo en The Village Inn de Coconut Grove, en la que se puede ver a Robert Vesco sentado en una mesa al fondo. De las que sí hablabas eran de las muchas fotos con tu familia, a la que reencontraste en Miami a tu llegada. No reconocías ya a tus hermanas, convertidas en hermosas mujeres, y a tu madre, transformada en una anciana. Te mudaste con ella y dedicaste tus esfuerzos a compensarle los años de carencias. Eras un ejecutivo joven que iba encumbrándose. "¿De qué agencia vienes?", te preguntó un viejo redactor creativo en tu primera semana en McCann. "De ninguna", contestaste avergonzado,

161

"vengo llegando de Cuba." "Chico, ¡qué maravilla! La de tesoros que tienes por descubrir." Era verdad. Tenías todo el capitalismo por descubrir. Eras un alumno aventajado. Empezaste a crecer. Aquí los datos ya son verificables. Ofrecías tu conocimiento del temperamento cubano para venderle cosas a los exiliados. Pronto se requirió de tu experiencia en otros países. Sabías tender un puente cultural entre los gringos y nosotros, aunque *nosotros* fuera una palabra que los comunistas te enseñaron a detestar. Estuviste vinculado al lanzamiento de la New Coke al mercado latino de los Estados Unidos. En esos años apareció Nora. Una amiga de tus hermanas, princesita cubana emparentada por un lado con distinguidos médicos y por el otro con intelectuales y artistas ferozmente anticastristas. Nunca la amaste. ¿La quisiste? Te dejaba frío en la cama, pero era un estupendo peldaño en tu carrera. Un matrimonio por conveniencia que se disolvió de facto apenas nació tu hija. Desde ese día, en un acuerdo tácito, cada quien llenó el hueco de su cama como mejor le pareció. Ella, con musculosos amantes venezolanos o dominicanos. Tú, con ambiciosas publicistas dispuestas a todo para escalar en la agencia en turno. Ninguno de los dos sufrió por falta de amor. Con la niña aún chiquita llegó el momento en que se solicitó tu experiencia para el lanzamiento en América Latina de *Masters of the Universe* de Mattel. Así llegaste a la Ciudad de México. Un regalo en bandeja de plata, estar lejos de la familia. ¿Es verdad que alguna vez bromeaste en una junta que lanzar una línea de juguetes gringos en "nuestros países" (así dijiste) era más efectivo para combatir el comunismo que matar guerrilleros? ¿Qué te gustó de México, Matías? ¿Por qué te quedaste a vivir en este país que tanto criticabas, cuya gente nunca comprendiste? Volvías a Miami a jugar golf, a ver a la nena, a sepultar a tu madre en el 93. Y para las navidades. Si aborrecías a México y los mexicanos por informales y complicados, ¿por qué compraste un departamento en Polanco? ¿Qué te hizo ir circulando por las agencias de este maltrecho país? ¿Fue llevar una cuenta de Pemex para Alazraki? ¿O concursar con Panamericana por la campaña presidencial de Luis Donaldo Colosio, "que afortunadamente perdimos", como solías decir? ¿Fue la tentación de ser nombrado vicepresidente creativo de Leo Burnett, sabiendo que en los Estados Unidos no tendrías la misma oportunidad de escalar tan alto? ¿Fue cosechar la admiración del Círculo Creativo y Cannes? ¿Sería que gozabas el glamour de la cita anual de La Noche de los Publívoros, cuando acariciabas la fama por unas horas, al ver estallar los flashes de las cámaras frente a tu rostro? ¿O es simplemente que, como confesabas, eras un publicista nato y no sabías hacer otra cosa para ganarte la vida? Quizá fue tu sorprendente capacidad para adaptarte al entorno digital. Supiste entender la transformación de la publicidad y someterte disciplinadamente a la dictadura del *like*. Ayudó también tu empatía con los creativos más jóvenes: podías dialogar con gente veinte años menor, entenderse casi como iguales. Así sorteaste la primera década del siglo, Mati. Así llegaste a la presidencia de Rochsmond RSG. El sueño acariciado de dirigir una agencia enorme para cerrar con broche de oro una carrera creativa de casi cuarenta años y retirarte a jugar golf a Miami, lo más lejos posible de la pobre Cuba de la que no querías saber nada. Eran tus años otoñales, el crepúsculo de una vida agitada. Cualquiera pensaría que le bajarías de güevos, como dicen tus amodiados mexicanos. *Not in a million years!* Sexo, coca, alcohol, comilonas. Tras cinco años de ocupada la presidencia de Rochsmond, tuviste tu mayor descalabro profesional: después de tensas negociaciones, Cubilsa, un laboratorio que fabricaba desde pañales para bebé hasta químicos contra el cáncer decidió romper su contrato con Rochsmond, que llevaba todos sus productos en una alianza corporativa de dos décadas. Ello implicó despedir —y liquidar— a treinta empleados. ¿Fue tu culpa, Mati? ¿O del ejecutivo de la empresa, un tipo prepotente llamado Arceo Cubil, hijo del dueño? Ese día volviste a saborear la derrota, como no lo habías hecho desde que abandonaste tu casa del Vedado. Matías Eduardo había perdido un cliente de veinte años. Fue tu peor día en Rochsmond. Aquella tarde abandonaste tu oficina con los hombros caídos, como si cargaras la lápida de tu padre sobre el lomo. Catalina, la directora de cuentas, te vio salir. "¿Estás bien, Mati?", preguntó. "No", contestaste. Llegaste a tu departamento donde te esperaba Nora, que estaba de visita con tu hija estrictamente para guardar las apariencias. Saludaste con un gruñido. Te serviste un whisky antes de derrumbarte en el sillón. De pronto sentiste una presión en el pecho. El dolor se extendió por tu brazo izquierdo antes de caer en un pozo negro de dolor. Si no hubieras tenido la suerte de que tu esposa estuviera ahí, de no haber vivido a unas cuadras del Hospital Español, no la hubieras contado. ¿Fue el infarto lo que animó a tu hija a estudiar medicina? De ser así, algo bueno tuvo. Porque sentir mis dedos helados acariciarte las mejillas no fue agradable. No era, sin embargo, ésa la hora en que estabas llamado a rendir cuentas. Le juraste a tu cardiólogo dejar la cocaína, el alcohol, las comilonas y hacer ejercicio. Sólo cumpliste la primera promesa, y sólo por un tiempo. Cómo bromeaste con aquello de que la mala yerba nunca muere cuando aún estabas en la cama del hospital. Cómo te lo festejaban todos los amigos que fueron a visitarte y los compañeros de la agencia cuando regresaste tres semanas después, sobre todo André Gavlik, el Ruso, joven creativo que tanto te recordaba a tu hermano Ernesto, de algún modo a ti mismo a su edad: el mismo ímpetu suicida, las mismas ganas de devorar el mundo de un mordisco, el mismo impulso de llegar al palacio de la sabiduría por el camino del exceso. Quizá por eso lo acogiste bajo tu protectorado. Será por ello que el Ruso se fue convirtiendo en lo más cercano, acaso lo único que podías llamar *un amigo* de entre los dieciocho millones de habitantes de la monstruosa Ciudad de México. Quizá del país entero si no es que de todo el planeta. ¿Será por eso que lo fuiste encumbrando, a él y a su equipo, incluyendo a ese español desaliñado al que apenas soportabas, Luis Cobo? Veías en Gavlik al hijo que nunca tuviste. Tu heredero, tu hechura. Por eso lo buscaste a él cuando apareció aquel correo electrónico en tu *inbox*, solicitando discretamente un *proyecto especial* para un "ingenio azucarero". Por eso pensaste en él para entrarle *off the record* a aquel proyecto demencial de mejorar la imagen del Pinto y su cártel sanguinario, al que Gavlik invitó a Cobo, en el que Catalina quiso meter las narices y que de alguna manera le costó la vida, como casi les cuesta el pellejo al Ruso, Cobo y a ti: si no es porque el Pinto cayó abatido en una balacera, todos habrían terminado en la cárcel o en un tanque de ácido. El escándalo fue enorme, tanto que Rochsmond RSG tuvo que cerrar. Fue tu mayor golpe de suerte, Mati, de esos que no se vuelven a tener jamás: la atención mediática les trajo tanta publicidad —valga la expresión, chico— que les llovieron clientes. Ésa fue la semilla de Bungalow 77, tu primera agencia de publicidad, la primera de tu propiedad, fundada en sociedad con André Gavlik y, por insistencia de éste, con Luis Cobo, lo cual nunca te hizo mucha gracia. Fueron años de gloria para los tres, pese a la tensa relación con el español. Bungalow 77 se convirtió en la agencia de moda. Ustedes tres funcionaban como una *troupe* de comediantes que sale al escenario y riega carcajadas sólo para estallar en reclamos amargos y rencores fermentados tras bastidores. Las tensiones fueron creciendo. Aunada a la mala administración de la agencia ("yo soy creativo, no administrador"), que tenía tanto prestigio como malas finanzas, la relación personal con tus socios se volvió insoportable. Estabas a punto de abandonar la sociedad, malbaratar tus acciones y largarte a Miami a jugar golf cuando cayó el *pitch* para el Fideicomiso Mexicano del Jitomate. ¿Cómo llegó la invitación? ¿Por qué aceptaron? ¿Qué sedujo la voracidad del Ruso, de Cobo y la tuya para que acudieran a ese llamado? ¿Sabías qué yacía detrás de la petición de promover los *mexican tomatoes* en el extranjero? ¿Qué operaciones se escondían detrás de esa cuenta? ¿De verdad el presupuesto era *ilimitado*? ¿Es cierto que los *briefs* eran emitidos desde *muy arriba*? ¿Que la principal misión era golpear al líder opositor, que venía imbatible en las encuestas para la elección presidencial? ¿Que empeñaron sus mejores recursos en calumniarlo y exaltar al presidente en turno *y además* promover al cliente directo para candidato del partido oficial? ¿Que produjeron cientos de materiales digitales? ¿Que crearon una granja de feroces *bots*? ¿O todo eso es una calumnia de un reportero de *Proceso*? A todo esto, Matías, ¿quién eres? ¿Quién eres realmente? ¿Quién se oculta detrás de tu sonrisa de anuncio de pasta dental y tus ojos azules? ¿Lo sabes *tú*? Si lo supiste alguna vez ya no importa, Matías, *my sweet* cubanito, porque hace tres horas te reventaron los intestinos —quizás hubiera sido una buena idea haber cumplido tus promesas al doctor, dejar de beber, dejar de comer y hacer ejercicio— y ahora, mientras te retuerces de dolor en esta cama del Hospital ABC esperando que los opioides de la anestesia hagan efecto al tiempo que balbuceas incoherencias, todas esas preguntas quedarán sin respuesta, si es que alguna vez la tuvieron, porque llegó tu hora y esta vez, lo lamento mucho, tendré que llevarte conmigo.

Una conspiración

—Bueno, ¿qué tenemos? —preguntó el Járcor a sus hombres, en una de las salas de juntas del Búnker de la Procuraduría.

Soriano tomó la palabra:

—Todo parece indicar que las muertes de André Gavlik y Matías Eduardo no están relacionadas.

Silencio. Karina Vale, la única mujer del equipo, dijo:

—Sería tan lindo que hubiera una conspiración aquí.

Frustrado, el Járcor replicó:

—De todos modos no hubiera podido hacer nada. Éstos son cabrones de muy alto nivel. Ni siquiera sé si es competencia nuestra.

—¿Perseguir una conspiración política? —preguntó León.

Nadie contestó.

—Por otro lado —reanudó el Járcor—, tenemos localizado el auto de los goteros, ¿no es cierto?

—Sí —dijo León—. Tenemos las placas, el nombre del dueño y el domicilio donde lo encierra.

—Necesitamos una orden de aprehensión —atajó Soriano.

—¿Y no la tenemos?

—No.

Todos guardaron un silencio incómodo.

—O atraparlos en flagrancia —remató el Járcor.

—Sospecho que se huelen algo, Jar —dijo León—. Hace varios días que no salen.

—Así son estos sujetos, dan un golpe y se pasan varios días escondidos hasta que se enfrían las cosas, luego reinciden —dijo Soriano.

—Hum. A ver, ¿qué sigue, muchachos?

Soriano dijo:

—Pedir al Ministerio Público que emita una orden de aprehensión para los goteros o tratar de caerles en la movida; ello implicaría la cooperación del c5 para seguirlos en tiempo real. O ponerles una sombra —se refería a seguirlos en un auto no identificado— hasta que vuelvan a delinquir.

—"A que vuelvan a delinquir" —se burló el Járcor—, ¡qué pinche formal eres, Soriano!

El aludido calló, incómodo.

—Por lo pronto —retomó el Járcor—, parece que descartamos que haya un esquema para ir matando a los socios de esta agencia de publicidad, y que mientras los goteros no vuelvan a operar no podemos aprehenderlos, ¿correcto?

Todos asintieron.

—Chingada madre, así no se pinches puede. Necesito una cerveza —dijo el Járcor al tiempo que se ponía su chamarra de cuero.

—¿A dónde vamos? —preguntó León, entusiasmado.

En la puerta, el Jar recorrió con la mirada a su equipo:

—Ustedes, no sé.

Salió sin despedirse, dejándolos con un palmo de narices.

Después de unos segundos, León repitió:

—¿A dónde nos vamos?

Te aperraste

—Chango, Changuito, carnal...

—Te recuerdo, Robles, que aquí soy el Eme Pe Lamadrid, no me vengas con tus pendejadas. ¿Estás pedo?

—De ningún modo, usía, ¿cómo cree? ¿Me puedo sentar?

El Járcor miraba desafiante a su amigo, que comía en una mesa de la cantina Mi Despacho, a dos calles de los juzgados. Una piquera infecta con aires de gran salón en donde se juntaban jueces y ministerios públicos a pegarle al frasco.

El Chango hizo un ademán, invitando a su amigo a unírsele.

La relación de ambos se había agriado desde que el Járcor se hizo novio de Morticia. Muchos años después, en una borrachera, el Chango Lamadrid le confesó que siempre había estado enamorado de la bióloga, "pero te aperraste, cabrón", dijo entre lagrimones.

En aquel momento, el Chango trabajaba como becario en un despacho y el Járcor empezaba en el IMER. "Nunca me dijiste", se intentó justificar Ismael. "Nunca me preguntaste", contestó su exbajista.

La amistad se enfrió hasta que el Járcor se integró a la Corporación y descubrió que, muchos años después, su amigo se había convertido en Ministerio Público. "Mira nomás, pinche Chango, en lo que acaban los pinches punketas anarquistas", le dijo socarrón. "Está más ojete acabar de pinche tira y nadie dice nada, Robles, y te recuerdo que aquí soy el maestro Lamadrid", contestó el Chango, mostrando el diploma que certificaba su maestría en Derecho Penal que colgaba en la oficina, entre docenas de otros certificados y documentos.

La amistad renació, alimentada por la debilidad del Chango por Andrea Mijangos, la compañera de patrulla del Járcor. "Preséntame a la gordita", decía el abogado sin disimular su concupiscencia. "No te alcanza, pinche muerto de hambre", le contestaba el policía. El Járcor jamás quiso reconocerlo: le daban celos que el Chango mirara con lascivia a Mijangos. Le daban celos que *cualquiera* la mirara.

Pero no hacía nada.

Ahora, cuarentones, con un montón de reclamos mutuos, el Chango y el Járcor se miraban desde los extremos opuestos de la mesa en Mi Despacho.

—¿Qué le servimos, mi jefe? —preguntó al Járcor Gaspar, legendario mesero del lugar.

—Una Bohemia. Y lo apuntas a la cuenta de éste.

Gaspar buscó la mirada aprobatoria del Eme Pe. Éste asintió.

Se quedaron en silencio durante varios minutos tan largos como incómodos.

—Bohemia —dijo Gaspar al momento de poner un tarro helado sobre la mesa y servir el líquido ambarino. Luego colocó un vasito con caldo de camarón frente a cada uno de los comensales—. Provecho —se despidió momentáneamente.

El Járcor dio un largo sorbo a su cerveza, sin despegar la mirada de Lamadrid.

Tras lo que pareció una eternidad, el abogado preguntó:

—Bueno, ¿qué pedo?

—Chan... Lamadrid, me urge una orden de aprehensión.

—¿Qué asunto es?

—El publicista muerto.

—¿Al que envenenaron en un taxi?

—Exacto.

—Se ve que te trae jodido su abogado.

Por primera vez, el Járcor sonrió, relajándose tras el primer trago de alcohol.

—¡Sí, carajo, hijo de la chingada!

—Pinche Armando.

El Jar enmudeció.

—¿Lo conoces?

—Sí, claro, estudiamos juntos la maestría. Míralo, está ahí, en la mesa esa grande.

El Járcor volteó discretamente.

—¿Es el calvo?

—No, el flaco de al lado. Tipazo.

—Hijo de su pinche madre —dijo el Járcor, enderezando la postura y volviendo a concentrarse en su bebida, que remató de un trago.

—¿Otra? —preguntó Gaspar, materializándose de la nada. El Járcor asintió.

—Ya sé que no llevas tú la carpeta, la lleva Nava...

—Uuuuh, ese cabrón tiene atole en las venas.

—Por eso necesito que convenzas al juez de que emita la orden de aprehensión de inmediato o se nos va a pelar este hijo de la chingada.

—¿Lo tienes ubicado?

—Sí, gracias al c5, pero tu amigo Paredes se ha dedicado a entorpecer la investigación, filtrando evidencia a los medios.

—¿Qué juez está llevando el asunto?

—López Brigada.

—Ah, viejo cabrón. Me estima.

—Yo sé, por eso vine a buscarte.

—¿Y... qué hay para mí en este asunto?

El Járcor lo miró furioso.

—¡Cabrón! ¡No me vengas con esas mamadas...!

—Te recuerdo que...

—¡Recuerda a tu pinche madre cuando le dieron toques!

—¡Robles!

—¡Robles, madres! ¡Soy el Járcor! ¡Y aunque seas el señor verga parada de los juzgados, me vas a escuchar como cuando te descuadrabas en los ensayos de los gloriosos Perros Negros que Sueñan sin Dormir!

La expresión demente del Járcor hizo enmudecer al Chango; miró avergonzado alrededor para comprobar que nadie veía cómo un policía de investigación le había levantado la voz, y con un gesto casi imperceptible, le indicó que prosiguiera. Sudaba copiosamente.

—En este país de mierda se cometen millones de delitos diarios. El noventa por ciento quedan impunes. ¡Noventa por ciento! Y mucho, debido a un sistema judicial de la verga que se coloca a la orden del mejor postor y no de la víctima.

El Chango lo observaba, inexpresivo.

—Policías de investigación, eme pes, jueces, peritos, todo un ejército creado para proteger a la ciudadanía y que parece más enfocado en solapar al crimen organizado que, a estas alturas, parece lo único organizado en México.

—¿Ya acabaste, pinche Héctor Belascoarán Shayne?

—Por una puta vez, por una sola, hazme un favor y ayuda a que se haga justicia sin pedir nada a cambio. Este cabrón, el pinche taxista gotero y quienquiera que opere con él, dejó huérfana a una niña de catorce años…

—¿Nos vamos a poner sentimentales?

—… y un montón de preguntas que ya no podrán ser contestadas. André Gavlik, el muerto, estuvo envuelto en un escándalo de corrupción que jamás quedó esclarecido…

—Lo leí, sí.

—… y que jamás se esclarecerá, Changuito, porque en este pinche país jamás, jamás se resuelve ningún crimen porque, entre otras cosas, nunca sucede nada y cuando sucede, ¿qué crees?

—Tampoco pasa nada.

—¡Exacto! Y es la fecha que todos nos seguimos preguntando qué pasó realmente en la Plaza de las Tres Culturas, quién estuvo detrás del Halconazo del 71, quién mandó matar a Manuel Buendía, quién es el autor intelectual de los asesinatos de Colosio y Ruiz Massieu, quién fue el responsable de las matanzas de Aguas Blancas y Acteal, las muertas de Juárez, el asesinato de Javier Valdez, dónde chingados están los 43 normalistas de Ayotzinapa, quién mató a Ángela, la niña de la maleta...

—Estás jugando con fuego, Járcor.

—¡Pero como no puedo aclarar ninguno de esos crímenes, lo menos que puedo hacer es echarle el guante al hijo de la chingada que mató a André Gavlik, y lo único que necesito es que me consigas una orden de aprehensión con tu amigo, el juez Brigada!

El Chango miró fijamente a su ¿amigo? antes de murmurar:

—Me vas a hacer llorar, cabrón.

El aire entre los rostros de los viejos compañeros de banda pareció cristalizarse.

—Chamorrito —llegó Gaspar a romper la tensión, sirviendo a cada uno un plato—. Y aquí hay tortillitas. ¿Otra cubita, licenciado?

—No, Gaspacho, gracias.

—Buen provecho.

Se observaron unos instantes más. De no haber sido educados en la masculinidad tóxica se habrían fundido en un abrazo, roto en llanto y pedido disculpas por todas las veces en que las acciones o inacción de uno perjudicó al otro. En lugar de ello, el Chango tomó su teléfono celular, buscó un número y lo marcó sin despegar la mirada furiosa de su amigo más añejo.

—¿Señor juez? Habla Lamadrid. ¿No lo interrumpo? Nada, un asunto rápido. Es sobre una carpeta de investigación que está llevando Nava Dávalos...

El Járcor se llevó un bocado de chamorro a la boca. Le supo exquisito, una peculiar cualidad de la comida de las cantinas. Quizás haya influido el hecho de haber salido de un servicio de veinticuatro horas durante el cual no había comido más que tres tacos de tripa y uno de cabeza con un Boing de mango.

Masticó en silencio, escuchando al Chango cumplir con los rígidos rituales del sistema judicial mexicano, entendiendo apenas la mitad de las palabras pronunciadas por su camarada, que sonreía en una mueca tiesa, la misma que ponía cuando fumaban mota en las canchas del Colegio de Bachilleres de Iztacalco, mientras escuchaban casetes de Minor Threat y Operation Ivy en una grabadora destartalada con las bocinas reventadas.

—… muy bien, su señoría. Yo le digo. Muchas gracias y saludos a su señora. Gracias, gracias. ¡Hasta luego! —se despidió el Chango y colgó. La sonrisa desapareció de su rostro, convirtiéndose en una mueca mortuoria con la que miró al Járcor.

—¡¿Qué?!

—En un rato te llega la orden de aprehensión a tu correo.

El Járcor se quedó callado, viendo al Chango sin expresión.

—Me debes u…

—¡No te debo nada! Es nuestro trabajo.

Pero se levantó, rodeó la mesa, abrazó al abogado y le dio un beso tronado en la mejilla, ante la mirada sorprendida de todos los parroquianos. Luego dijo en voz alta:

—¡Cuán bienaventurado es el hombre al que el Señor no culpa de iniquidad y en cuyo espíritu no hay engaño!

Volteó hacia el Chango y para rematar su *performance,* agregó:

—Salmo treinta y dos.

Guiñó un ojo y echó a andar hacia la salida. Al pasar junto a la mesa del abogado Armando Paredes, lo señaló con el índice y le lanzó un beso al aire. Luego salió bailoteando de la cantina.

Ismael, tienes un mail

Cuando despertó, la orden de aprehensión ya estaba ahí.

Jorge

Abrió los ojos a la una de la tarde.

Había pasado parte de la noche con una prostituta joven que levantó en Tlalpan y Segovia. La penetró en el asiento trasero del Civic. Apenas pudo sostener su turgencia unos minutos antes de derramarse sobre la vestidura recién lavada.

Avergonzado, invitó a la chica, Yénifer, diecinueve años, a comer unos tacos. La mujer aceptó, Jorge escuchaba sus tripas gruñir desde que jadeaba afanoso entre sus piernas.

Comieron en un puesto de lámina en las afueras del metro Xola. Él pidió tres de suadero, dos de longaniza y uno de surtida. Ella comió tres campechanos. Bebieron en silencio sus refrescos.

—¿No me invitas una cervecita? —preguntó ella—. De las que traes en tu hielera.

—No, mi reina, no —contestó él.

—¿Son para la vendimia?

Él no dijo nada.

La dejó en la esquina donde la había levantado.

—Que descanses —le dijo ella, sinceramente agradecida por la cena.

—Cuídate mucho —repuso Jorge—. Hay mucho loco suelto por ahí.

Ella le devolvió una sonrisa, dio media vuelta y caminó hasta su puesto de trabajo. Jorge suspiró. Le doblaba la edad a la chica.

Arrancó hacia el sur. Manejó sobre Tlalpan, ofreciendo sus servicios a las personas que veía saliendo de los hoteles de paso, sin mucho éxito.

Finalmente, se subió una pareja. Iban cerca, ella a la Portales, él a la Albert. No aceptaron las botellas de agua.

Decidió darse una vuelta por la Central de Autobuses del Sur. Nada.

Quizás era buena hora para enfilar hacia su casa y dormir varias horas de un tirón. Tomó Río Churubusco hasta el Eje 5 Poniente y luego enfiló en dirección al Viaducto, hasta su barrio natal, la Ramos Millán.

Encerró el auto en la cochera que le rentaba un vecino, caminó hasta la casa donde alquilaba un cuarto.

Se tumbó a la cama para entregarse a un sueño intranquilo. Se veía esforzándose por penetrar a Yénifer en su auto. La superficie del asiento crecía hasta convertirse en una habitación acolchada en la que Jorge, por más que lo intentaba, no lograba su cometido.

Ella rogaba amor con un afecto que no había tenido en el mundo de los vivos. Él simplemente era incapaz de lograrlo.

—Ay, compadre, no sacas a mear al perro —escuchaba decir en su nuca.

Descubría a sus espaldas a Poncho, desnudo, con un demonio abultándose bajo su abdomen. Aterrado, Jorge pensaba que él mismo sería atravesado por aquel falo monstruoso.

No obstante, su compadre lo lanzaba a un lado como si se tratara de un muñeco de paja. Jorge rodaba sobre el asiento del auto hasta llegar a la orilla del asiento, por donde se desplomaba como de un abismo para caer sobre el asfalto helado de la madrugada.

Ahí se descubría vestido de nuevo, confundido por no saber muy bien dónde estaba. Tendido sobre el asfalto, se volvía a ubicar al escuchar los gemidos de Yénifer. Se incorporaba, adolorido, para descubrirse a un lado de su auto.

Dentro se adivinaban las siluetas de su compadre y la joven prostituta, los vidrios empañados impedían comprobarlo. El movimiento de la pareja estremecía el vehículo, que parecía brincar como impulsado por resortes.

Impotente, Jorge golpeaba la ventanilla mientras los aullidos de Yénifer le taladraban los oídos, "Así, así, Poncho, Poncho. ¡Así, así, Poncho! ¡Poncho! ¡Ponchoooooo…!".

Despertó agitado, incapaz de recordar lo soñado.

Tras ducharse, salió a la calle donde lo recibió una luminosidad que le mordió los ojos. Caminó al mercado, demonios revoloteándole alrededor de la cabeza. La tripa se apretaba contra su espinazo.

Se sentó en su local favorito, donde ordenó café negro y chilaquiles con pollo, que masticó lentamente, con la parsimonia de los condenados a muerte.

Pagó, dejó una magra propina y salió a la calle. Caminó hacia su cuarto, donde se tumbó a ver la televisión toda la tarde, programas de chismes, películas mexicanas en blanco y negro que le hacían reír pese a conocer los chistes y anécdotas desde su niñez, fragmentos de noticiarios que le interesaban poco si no mencionaban nada del publicista muerto. Aparentemente el asunto se había enfriado. O eso quiso pensar Jorge.

Las horas se resbalaron por la carátula del reloj. El cielo se encendió en un naranja furioso que mutó en púrpura, disuelto en un azul oscuro que devoró todo.

Dejó que la noche se deslizara suavemente. Siguió distraídamente la telenovela. Vio con desgano capítulos de un par de series gringas que cada vez le interesaban menos.

Empezó el noticiario de las diez en los dos canales principales. Jorge brincó de uno al otro, buscando menciones de André Gavlik. Nada. Sonrió.

Las manecillas se encontraron, amantes furtivas, en su cita nocturna en casa del número doce. Cobijado por la noche,

Jorge salió a la calle de nuevo. Camino a la cochera, le compró un pan de dulce y un café con leche a un vendedor en bicicleta.

Arrancó el auto y salió a la calle, olvidando por completo limpiar las manchas del asiento trasero. No eran importantes. Lo eran las botellitas de agua y cerveza que descansaban a los pies del asiento del copiloto. Botellas que había *bautizado* cuidadosamente un par de noches antes.

Marcó el número de Poncho.

—Voy saliendo, compadre —informó. Colgó antes de recibir respuesta.

Revisó la guantera. Lo animó ver la Llama calibre 0.380 que le consiguió su cómplice para que estuviera más tranquilo.

Metió primera. Pisó el acelerador.

Era hora de cazar.

Biografía precoz (4)

—"Yo actúo gratis, a mí me pagan por esperar" —citó el Járcor antes de darle una tarascada a la hamburguesa tapavenas que tenía en las manos.

El Tapir lo miró, inexpresivo.

—¿Quién dices que decía eso? —preguntó fastidiado, sorbiendo ruidosamente su refresco. Comían en el Carl's Jr. de la terminal dos del Aeropuerto Internacional Benito Juárez de la Ciudad de México.

—Marlon Brando —contestó el Jar con la boca llena.

—Mamarlon Brando, será.

—Dame la cátsup, ¿quieres?

—¡Me caga el *Cars*! —tronó el Tapir, molesto, con un gesto que acentuó la fealdad que le había ganado el apodo—, ¿no podíamos haber ido al pinche Bórguer Quin?

El Járcor terminó su bocado, disfrutando el sabor obsceno del doble tocino, y dio un largo trago a su Coca Light, siempre con la mirada fija en su compañero de patrulla.

—Mira, güey, el Burger King está en la zona de comidas, al otro extremo del aeropuerto, si comemos allá no podemos vigilar las llegadas internacionales como aquí. Y no querrías que se nos pelara nuestro sujeto, ¿o sí?

El Tapir contestó con un gruñido.

—Además, es mucho mejor aquí que tu pinche Burger King

—pronunció cuidadosamente "bérrguerquing", humillando en su mente al naco del Tapir.

—Ni madre, güey. Lo único mejor son unos tacos al pastor.

—Unos de suadero.

—Dos campechanos de longaniza.

—Tres de tripa bien dorada.

Siempre que hablaban de garnachas, su mutua antipatía se evaporaba. El Járcor veía al Tapir hacia abajo, le parecía soso y zafio. Sus temas de conversación eran la liga mexicana de futbol y el sexo. Insistía en escuchar boleros cantados por Luis Miguel y discos de Zoé y Sin Bandera. Un tipo aburrido que cantaba a Joaquín Sabina mientras se emborrachaba con cubas.

Al Tapir el Járcor le parecía alzado, que se las daba de intelectual, siempre con un librito en el sobaco, escuchado guitarrazos de bandas con nombres impronunciables.

La glotonería los unía. Comúnmente circulaban en la patrulla y al pasar frente a un puesto callejero, uno decía:

—¿Qué onda, parejita, unos tacos?

—Me los chingo —reponía el otro.

Era el único momento del día en que la tensión entre ambos machos alfa se diluía.

Sin embargo las hamburguesas, por mucho tocino que tuvieran, no eran tacos: carecían del efecto conciliador entre ambos hombres. Estar esperando la posible llegada de un estafador checo que huía de Cancún hacia Europa, conectando en la Ciudad de México, los estaba llevando al límite de su tolerancia.

—¿Ya aterrizaría? —preguntó el Tapir con voz cansina.

El hombre huía tras haber sido denunciado por una serie de estafas piramidales y esquemas Ponzi.

"En el país de los prietos, el güero es rey", parafraseaba el Járcor cada vez que se encontraba con historias similares: un pobre diablo llegaba de Rumania, Argentina o Canadá con una mano delante y otra detrás. El racismo malinchista que parecía impreso en el código genético de los mexas le abría las puertas

de todos lados y le permitía colocarse en posiciones privilegia-
das, desde donde podía hacer *negocios*, la mayoría de las veces
ilícitos. Una historia que se repetía una y otra vez, a diferentes
escalas, en un país "donde siempre hemos querido ser lo que
no somos", solía decir el profesor de sociología del Járcor en el
Colegio de Bachilleres.

—Como en *Casi el paraíso* —murmuró el Járcor mientras
leía la carpeta de investigación con el Tapir, unas horas antes.

—¿Qué es eso? —preguntó su compañero en una de las salas de juntas del Búnker.

—No, nada —contestó, añorando a la Mijangos.

Radim Sládek llegó a Quintana Roo como muchos otros
aventureros, atraído por el Caribe ("playas que parecen de cocaína", le había dicho un marinero holandés durante una borrachera cerca de los astilleros de Ámsterdam) y la promesa de
tequila, sexo y marihuana de las canciones de Manu Chao. No
sabía o no le importaba estar al otro extremo geográfico de la
ciudad a la que aludía la canción.

En México, Sládek descubrió en su cabellera platinada y
ojos color zafiro un pasaporte invaluable. Cancún era un puerto lleno de extranjeros que huían de algo o alguien, donde casi
nadie hacía preguntas. Un lugar paradisiaco cuyo reverso de
la moneda era una ciudad violenta y sórdida, ideal para todo
tipo de negocios sucios que, a la sombra de las palmeras borra-
chas de sol, brillaban con un aura sofisticada que embriagaba
a Sládek.

"¿Ves estos ojos azules?", solía decir en medio de las borracheras orgiásticas que celebraba en su *penthouse*, en lo alto de
una torre de cristal sobre el Boulevard Kukulcán. "Pues estos
ojos", proseguía tras obtener la atención de su interlocutor, "jamás me compraron nada en Česko. Tuve que venir a México
para que me sirvieran de algo." Acto seguido daba un trago a
su coctel, aspiraba un pase de coca o arremetía de nuevo contra la entrepierna de su pareja en turno, en medio de carcajadas
autocelebratorias del chiste privado.

Haciéndose pasar por empresario, Sládek —probablemente no era su verdadero nombre— se había incrustado en lo alto de la sociedad quintanarroense, prometiendo negocios y alardeando sobre sus conexiones con inversionistas de Europa central, ansiosos de derramar montañas de euros sobre la península de Yucatán.

Quizá Sládek podría haber pasado varios años interpretando su papel, haciendo pequeños *bisnes* de proxeneta y narcomenudista. "Pero cometió el error de todos estos cabrones", dijo en la sala de juntas el Járcor al Tapir: "Mordió más de lo que podía masticar. Se metió con la gente equivocada."

"Y es que no importa el azul de tus ojos, acostarte con la amante del exgobernador es una mala idea, aquí y en la República Checa", remató.

Dos horas después el Járcor y el Tapir esperaban a Sládek comiendo hamburguesas, tras el pitazo de la procuraduría de Quintana Roo de que había salido huyendo de Cancún. Lo hizo con tanta celeridad que no le importó comprar un boleto con conexión en la Ciudad de México en lugar de esperar uno directo, apenas unas horas después. O quizá supuso que ello confundiría a sus perseguidores. La desesperación es mala asesora.

—¿Por qué no lo detienen los policías del aeropuerto? —se quejó el Járcor con Rubalcava cuando éste les asignó el caso.

—Es una *petición especial.* No preguntes —contestó el capitán, que devolvía el favor a un comandante de la Fiscalía de Cancún, viejo compañero de la Judicial.

De nuevo: nunca te metas con la amante de un exgobernador.

Cuando las hamburguesas quedaron reducidas a nada, el Tapir eructó satisfecho.

—¡Qué buen refín! —celebró el Jar, palpándose el vientre—. Pérame, voy a miar y de paso veo si ya aterrizó nuestro angelito.

—Vas —respondió su parejita al tiempo que sacaba su teléfono celular para perderse en el microuniverso de la pantalla.

El Járcor se deslizó trabajosamente fuera del gabinete y caminó hacia el baño, al otro lado del lobby del aeropuerto, sintiendo la pesadez de la marea alcalina en el vientre.

"Ora sí me pasé de verga", se dijo mientras buscaba el número de vuelo en la pantalla de llegadas. Nada aún. Prosiguió hasta el baño. Orinó, pensando en nada. Se lavó las manos al tiempo que revisaba su rostro en el espejo. La misma mirada socarrona de adolescente, los ojos negrísimos brillando en su rostro moreno. Pese a las arrugas que comenzaban a marcársele sutilmente, el rostro que le sonreía en el espejo le agradó, lo encontró bello.

"Es una buena vida si no te rindes", le dijo su voz interior.

Dejó una moneda de diez pesos como propina al afanador que limpiaba los baños, un viejo cenizo que agradeció con un gesto casi imperceptible. Como si la pesadez en la tripa se hubiera desvanecido en el mingitorio, el Járcor salió del baño sintiéndose radiante.

Tanto, que casi choca de frente con una mujer.

Sobresaltado, se disculpó. La mujer no dijo nada. Abrió los ojos en una expresión de personaje de cómic que lo mismo podía ser sorpresa o desagrado. Algo creyó reconocer el Járcor en sus rasgos distinguidos, en la larga cabellera ensortijada que descendía por los hombros como una avalancha de nieve.

Ella pareció reconocerlo también. Se miraron durante un instante que pareció eterno, tras lo cual él murmuró una disculpa, ella no dijo nada y ambos se deslizaron hacia su derecha para proseguir su camino en una coreografía muda.

Cuando el Járcor había recorrido la mitad del enorme lobby del aeropuerto, se detuvo en seco.

Como el trueno que llega segundos después del relámpago, el disco duro del Járcor ubicó el rostro de la mujer con la que se había topado. Habían pasado más de veinte años, su cabellera azabache perdió toda la melanina, acentuando aún más sus facciones delicadas, dotándolas de una belleza madura. El reconocimiento facial reventó en su cabeza con una burbuja sináptica al momento de hacer la conexión con tal violencia que

185

el agente Robles quedó paralizado en medio del aeropuerto, la cara congelada en una expresión de sorpresa.

Giró sobre sus talones. Vio a la mujer a unos veinte metros, caminando altiva. A su lado iba su clon, veinticinco años menor, el cabello heredado de la mamá aún negro como tinta.

¡Ella!

El agente Ismael Robles, alias el Járcor, policía de investigación con diecisiete años dentro de la Corporación, un hombre que había visto más cosas de las que hubiera deseado, que todos los días atisbaba de frente la mirada vacía del Ángel de la Muerte, alguien acostumbrado a lidiar con la inmundicia, sintió un hueco helado cavarse en su pecho.

Paralizado, quiso arrancar hacia las dos mujeres. Su cuerpo no lo obedeció.

Ella.

Sintió bajar la orden neuronal desde su cerebro hacia sus piernas. Sus músculos protestaron aterrados, "No, no, no". La cabeza reviró, "¡Obedezcan, cabrones!". "¡Que no!" Tuvo que intervenir el corazón: "Miren, muchachos, la última vez me destrozó. Pero *tenemos* que ir". Por ser uno de ellos, a regañadientes los músculos comenzaron a moverse hacia ellas…

—¡¿Dónde andas, pendejo?! —tronó el Tapir, arrancando al organismo del Járcor de su disyuntiva.

—¡¿Eh?!

—Ya aterrizó el pinche avión hace como veinte minutos, cabrón. ¡Se nos va a pelar el hijo de la chingada!

Aturdido, el Járcor volteó una última vez, sólo para verlas perderse a lo lejos entre la multitud, camino hacia la salida. Con la garganta anudada, corrió detrás de su compañero, contra la voluntad orgánica de su cuerpo.

—Policía, policía… —murmuró el Tapir al enseñar su identificación al personal del filtro de seguridad. Los dejaron pasar sin hacer preguntas—. ¿Amigo, el vuelo 467 de Aeroméxico? —preguntó a uno de los empleados minusválidos que dan información.

—Llegó a la sala 64 —contestó el hombre sin tener que consultar sus tablas.

—Gracias, carnal —y corrió hacia allá, con el Járcor detrás. Normalmente era Robles el que dirigía los operativos. El Tapir se adelantó.

Llegaron a la sala con unos doce metros de diferencia. Ya los pasajeros descendían de la nave, multitud heterogénea de al menos una docena de naciones. Entre ellos destacaba el checo, traje de lino, un metro ochenta y cinco, piel bronceada, cabello casi blanco. ¿Sería por su mirada inexpresiva, por el rictus angustiado?

—¿Radim Sládek? —lo abordó el Tapir sin identificarse apenas el hombre pisó la sala de espera.

Como si aguardara esa señal, Sládek arrancó corriendo, arrojando al suelo su blazer y teléfono celular. Derribó a una afrogringa enorme que venía delante de él. Cuando el Tapir, desprevenido, intentó atajarlo, fue tumbado de espaldas por el rubio.

Acicateado por el más reptíleo de los instintos, Radim Sládek echó a correr hacia la salida, al otro extremo del aeropuerto, confiando en que nadie se arriesgaría a dispararle en medio de la multitud. Agradeció los años en el ejército, de marino en altamar y los ocho kilómetros diarios corridos a lo largo de la playa durante los nueve años en Cancún. Sintió cómo la fuerza de tracción movía sus piernas como dos pistones de acero. Tuvo el impulso de reír, demente, en su carrera de huida.

"Jsem král světa!", gritó jubiloso.

La realidad se estrelló literalmente en la boca de su estómago, con la forma del puño del Járcor, en quien Sládek no reparó sino hasta que estuvo en el suelo. Abatido, sintió las botas de casquillo de acero del agente hundirse varias veces en sus costillas.

El dolor le impidió escuchar al Járcor que puntuaba las palabras entre patada y patada:

—¿Radim Sládek? Policía de Investigación, *señor*, está usted arrestado.

El checo ya no escuchó al Tapir intentar calmar a su compañero. Se había desmayado.

Llevaron al detenido en su patrulla. Viajaron en silencio. Manejaba el Tapir, quien no se atrevió a decir nada: jamás había visto a su compañero tan furioso.

En el asiento trasero, Sládek maldecía en eslavo.

Cuando horas después, en el Ministerio Público, un abogado de la embajada checa intentó con desgano alegar brutalidad policiaca durante el arresto, al Járcor no le importó demasiado.

Sólo podía pensar en las dos mujeres con las que casi choca aquella tarde en el aeropuerto.

Eran Morticia y su hija adolescente.

Valencia

"**V**alencia es la California de España", les gusta decir a los locales. "Por las playas, el surf y los cítricos", agregan innecesariamente. Luis Cobo tuvo que recorrer 9,359 kilómetros para darse cuenta de lo estúpido de la aseveración.

Había llegado a la publicidad como todos los jóvenes de su generación: atraído por el mito de Javier Mariscal, el legendario diseñador gráfico. Prófugo de la escuela de arquitectura, lo que secretamente ambicionaba era dibujar cómics, *tebeos* los llaman allá, como el también valenciano Daniel Torres.

Carente del talento y la disciplina necesarios para completar una historieta, el joven Cobo fue seducido por la fotografía, tanto que dejó la Universitat Politècnica de València para trabajar como fotógrafo *freelance*. Buen retratista, llevó su portafolio a una pequeña agencia de publicidad, donde le encargaban imágenes de producto para marcas locales de yogur y jugo de naranja.

Cómo acabó en la nómina de la agencia como director de arte, nunca le quedó muy claro ni a él. "Si quieres sobrevivir en este negocio, debes tener dos de tres cualidades", le dijo alguna vez Manolo, un redactor veterano que era su dupla en la agencia, "o ser muy talentoso, o muy formal o muy simpático, de otro modo estás frito". Cobo tenía las últimas dos.

Robusto, su cara redonda se enrojecía como una manzana, razón por la que desde adolescente se dejaba una barba recortada que le cubría medio rostro; siempre iba ataviado de sandalias, bermudas y chamarra de mezclilla. Compensaba la informalidad con su enorme carisma y una capacidad para oír a quien tuviera enfrente, que hacía que sus interlocutores se sintieran *escuchados,* algo cada vez más escaso en la era digital. "Si pudiera destilar tu gracia, nos forrábamos", decía Manolo no sin cierta envidia: él era un tipo tan talentoso como arisco, lo que había estancado su carrera hacía años.

El final de siglo se borraba en los recuerdos de Cobo, en medio de borracheras y fiestas. Lo cierto es que no tardó en escalar el escalafón hasta llegar a lo más encumbrado que podía en el pequeño circuito creativo de la ciudad: director de arte senior.

Deprimido por haber alcanzado el techo a sus veinticinco años, se halló ante la disyuntiva de migrar a Madrid o Barcelona, ciudades que detestaba.

Una noche, tomando unas cervezas en la Tasca Ángel, en el centro de la ciudad, su prima Llucina le preguntó por qué la cara tan larga. Él le explicó su encrucijada.

—Joder, Luisito, ¿y por qué no pruebas suerte en las Américas?

—¿Pero qué dices?

—Como me oyes: debes probar fortuna en México.

—¿Pero tú eres loca?

—Que no, Luisito, óyeme. Tengo un par de amiguetes que fueron de vacaciones a Cancún y se enamoraron del país. El clima es cojonudo y ser español en nuestras colonias, pues te abre las puertas, majo.

—No me jodas.

—Que te lo digo yo. Venga, te consigo sus emilios para que les escribas y programes tus próximas vacaciones por allá, y vas y consigues curro en una agencia mexicana.

—¿Tú te piensas que el pasaje a México cuesta diez duros?

—Ahorras unos meses, pillas la primera oferta de Iberia para cruzar el charco y ya está.

—¡Como si fuera tan sencillo vivir en México!

—Es más fácil, Luisito; trabajas menos, ganas más y va a ser cojonudo para ti vivir en un sitio que no es el tuyo. ¡De repente conoces una guapa mexicanita que te soporte!

Cobo dio un trago a su cerveza sin consentir ni alegar nada. Se quedó masticando en silencio las palabras de su prima. A los pocos minutos llegó su amigo Dani, eterno enamorado de Llucina, y la conversación se desvió hacia otras frivolidades.

Esa noche, Cobo no pudo pensar en otra cosa. Ni al día siguiente ni en las siguientes semanas.

México.

Cobo sabía que ahí (*a*) había nacido Cantinflas y (*b*) se producían el tequila y la cerveza Corona, que detestaba. Poco más.

Los meses siguientes Luis Cobo se concentró en preparar su portafolio de trabajo, ahorrar todo el dinero posible, cazar ofertas de vuelos transatlánticos de Iberia o cualquier otra aerolínea que lo pudiera llevar de Valencia a México e investigar todo lo que pudo sobre ese exótico país.

Lo primero que le sorprendió fue descubrir que México medía casi cuatro veces lo que España y que su población era más del doble. Le horrorizó conocer a detalle las cruentas batallas de los cárteles del narcotráfico. Saber que la violencia prácticamente nunca tocaba la capital del país, donde se concentraban las agencias de publicidad, lo tranquilizó un poco.

Investigó sobre la historia de México, una confusa sucesión de traiciones y golpes de Estado. A cambio, lo deslumbró la esplendorosa cultura del lejano país, que percibía como un espejo distorsionado de la española. Se aficionó al rock local, hartando a sus compañeros de la agencia con música de Café Tacvba y Mamá Pulpa. Consiguió ver un puñado de películas a partir de una guía que encontró en Google, desde el periodo mexicano de Buñuel, delirantes comedias como *Mecánica nacional* y las primeras cintas de Guillermo del Toro hasta híper violentos retratos de la monstruosa Ciudad de México, como *Amores perros* y *Nocaut*.

A sus amigos les sorprendía escucharle decir con progresiva

frecuencia "chingado" en lugar de "coño" y llamar "chelas" a las "cañas".

A medida que pasaba el tiempo, sus ahorros crecían con la lentitud del musgo y la obsesión con México se intensificaba. Vivía como un asceta, en casa de sus padres, ahorrando hasta el último centavo, limitando sus salidas a la tasca dos veces a la semana y caminando los cuatro kilómetros que separaban su hogar de la agencia siempre que era posible.

Un día lluvioso de octubre, en el que el frío lo había hecho arrepentirse de la caminata, Edurne, la ejecutiva de cuentas con la que llevaba una crispada relación laboral, lo llamó a su oficina.

—Cobo, ¿quién mandó los artes del zumo Don Joaquín al diario?

—Hombre, pues he sido yo.

La mujer, una vasca larguirucha que a Cobo le evocaba un cernícalo, lanzó a su escritorio una copia del *Levante-EMV*, abierto en un anuncio de media página.

—Pues, hijo, eres un asno, que se te ha ido una errata gorda. ¿Lo has leído?

Cobo no la escuchaba ya.

—Has escrito "zumo de narajna" por todo lo alto.

—Sí, ¡sí que lo he leído! —no se refería a su anuncio.

—¿Sabes que esto te podría costar el trabajo?

Cobo levantó la mirada, ilusionado.

—¿Me vas a echar?

—No, Cobo, tienes mucha suerte. No entiendo por qué, pero al cliente le caes muy bien y están dispuestos a dejar pasar este error, pero es la última vez que…

—Ahórrate el sermón, bruja. ¡Renuncio!

La cara de Edurne se congeló en una expresión cómica, su boca convertida en una o redonda que a Cobo le hizo pensar en los personajes de *Mortadelo y Filemón*.

—¿Qué has dicho?

—Lo que escuchaste, ¡bruja!

—¡Después de eso!

—¡Que renuncio, Edurne! ¡Que me voy a la mierda! ¿Eh?
—Cobo reía como demente.

—Tú que te vas y yo que me encargo de que no vuelvas a trabajar en ninguna agencia de publicidad de Valencia.

—No te preocupes, Edurne, me voy de la ciudad.

—¡Te advierto que conozco mucha gente en Barcelona y Madrid! ¡Me encargaré de que todo mundo sepa el gamberro que eres!

Ya Cobo bailoteaba hacia la puerta de la oficina de Edurne.

—No te molestes, tía. Me voy de España. ¡Me voy de Europa! Por mí, dile a todo mundo que soy el responsable del 11M. ¡Hasta nunca, espantajo!

Salió tras un portazo, bailoteando hasta la salida como un oso de feria medieval, sin que Edurne entendiera qué había pasado.

Nunca reparó en el anuncio de Iberia, debajo del de Don Joaquín, con los vuelos internacionales al cuarenta por ciento durante tiempo limitado.

Cobo jamás había volado. Hacerlo por primera vez en un cruce transcontinental lo apabullaba.

—Ya, cariño, ya. Imagina que vas en Renfe de Valencia a Sevilla —lo consolaba su madre en el aeropuerto de Manises.

—Mamá, pero es que del tren me puedo bajar en Murcia —bromeaba nervioso—. Además, el Renfe no se desploma.

—Pero lo mismo se descarrila —apuntó su padre, con su característico humor sombrío.

—Nada, nada, no hagas caso, Luisito, ya conoces las cuchufletas de tu padre. Venga, que ya es la hora de abordar.

Cobo besó a su madre y abrazó al padre.

—Hijo, por cierto, te hemos traído un bocata de tortilla de patatas. Sólo dios sabe qué darán de comer en el cacharro ese —dijo la mujer, ofreciendo una bolsa de papel, transparente de tan grasosa.

—Gracias, mamá, gracias —fue difícil para Cobo no soltar el llanto. Dio la vuelta, dispuesto a cruzar el filtro de seguridad cuando su padre lo llamó por última vez.

—No pensarás pedir trabajo con esa pinta de vago, ¿eh, chaval? —se refería a las bermudas e inseparable chamarra de mezclilla de su hijo.

—Papá, que soy una estrella de rock, ¡a ver si te enteras!

El aeropuerto de Barajas, donde hizo la primera escala hacia México, lo impresionó en su grandiosidad. Años después reiría a carcajadas al leer aquella frase de la gente que confunde lo grandote con lo grandioso. Como fuera, el tamaño de la terminal aérea casi le provoca perder su vuelo, confundido entre las salas de espera: fue el último en abordar segundos antes de que sellaran la compuerta.

Quiso la mala suerte que le dieran un asiento de ventanilla, al fondo del avión. A su lado viajaba una pareja de mochileras mexicanas, "bastante monas", referiría siempre que contaba la historia de su viaje, que no lo voltearon ni a ver. Las chicas se sumieron en un sueño pesado apenas despegó el artefacto.

No pudo dormir durante todo el trayecto. La menor agitación de la aeronave aceleraba su corazón, mandando descargas de adrenalina al torrente sanguíneo. Apenado de molestar a las chicas, se aguantó varias horas las ganas de mear hasta que ya no pudo más y las despertó a media madrugada. Su simpatía natural diluyó la molestia de sus compañeras de viaje y pudo orinar de lo más feliz.

De vuelta a su asiento, el sándwich de tortilla española le supo a gloria, devorado en silencio a mitad de la noche, inundando el pasillo del avión con su aroma a pimentón, ajo y aceite de oliva.

La Ciudad de México lo recibió monstruosa, amiba ciclópea que lo observaba con indiferencia, como una mujer fea pero sexy en la barra de un bar que se niega a devolver la mirada.

"¿Te gusto? ¿Me deseas? Ven por mí, a ver si puedes", dijo el Monstruo.

"Serás mía", respondió Cobo cuando el avión cruzó la altura de los diez mil pies, anudándole el estómago en el descenso.

Después de aterrizar, pasar migración y aduanas, colocado a las siete de la mañana en medio de la sala de llegadas de la recién inaugurada Terminal 2, Luis Cobo, prófugo de la Escuela de Arquitectura, fotógrafo profesional, publicista por eliminación, se sintió aterrado. "¿Qué he hecho?", pensó.

"¿No que muy chingón, pinche Hernán Cortés?", le respondió la Ciudad, burlona.

La primera noche llegó con un amigo de su prima que vivía en un *depa* (que no *piso*) en Anzures. Un madrileño estirado que le hizo esperar varias horas mientras trabajaba y que arrugó la nariz al ver la facha del pariente de Llucina. Cobo, que había esperado todo ese tiempo en un Vips tomando café y leyendo una novela de Juan Miguel Aguilera, no se arredró.

Charlaron brevemente. Javi, su anfitrión, era evasivo y contestaba con monosílabos, evidentemente incómodo. Ingeniero civil, empleado en una constructora española, le indicó al recién llegado que sólo podía recibirlo dos noches.

—Vale —contestó Cobo, fastidiado. Lo único que deseaba era dormir.

Al día siguiente se concentró en encontrar un lugar donde pudiera alojarse durante las siguientes semanas y en hacer citas con todos los directores creativos de cuanta agencia de publicidad había contactado antes de abandonar España.

No agotó la hospitalidad del amigo de su prima. Cuando Javi llegó al día siguiente sólo encontró una nota en la mesa, junto con la copia de las llaves que le había prestado a Cobo. "Gracias", decía con la letra de párvulo del recién llegado. El ingeniero respiró aliviado. Jamás volvieron a verse.

Instalado en unas suites en la vecina colonia Cuauhtémoc, Cobo pasó los siguientes días mandando mails y copias de su portafolio digital.

Transcurrió una semana en la que sólo recibió notas de amable rechazo, redactadas con lo que aprendería a reconocer como la asfixiante hospitalidad mexicana, capaz de apuñalarte por la espalda pero jamás de hacerte una descortesía: "Muchísimas gracias, nos sentimos muy honrados en que nos haya considerado, pero *ahorita* no necesitamos los servicios de alguien con su perfil..."

A pesar de verse favorecido por el tipo de cambio, Cobo calculó que sus ahorros en euros habrían de durarle apenas unos tres meses si continuaba viviendo en esas suites y comiendo tacos, un auténtico descubrimiento que hacía palidecer al burdo remedo que en Valencia se conocía como *comida mexicana*. Transcurrido ese tiempo, tendría que considerar mudarse a un lugar más modesto y alimentarse de sopas Maruchan.

A los diez días exactos de haber pisado América, recibió un mail de agavlik@rochsmondrsg.com que decía lacónico:

Me gusta tu book. ¿Puedes venir al martes a las 11 de la mañana?

Firmaba André Gavlik, director creativo. Cobo contestó de inmediato que sí. Dos días después se presentó en las oficinas de la agencia, que ocupaba tres pisos de un rascacielos sobre Paseo de la Reforma, que tanto le recordaba a Cobo el madrileño Paseo de la Castellana, visto tantas veces en la televisión.

Ataviado con sus mejores bermudas y chamarra de mezclilla, el robusto Cobo sintió que desencajaba en el ambiente pijo de esa oficina. "Tú tranquilo, macho", dijo su voz interior.

La recepcionista, una rubia diminuta con cara de personaje de manga japonés, despachaba al centro de un escritorio con forma de media luna que la hacía ver aún más pequeña. Amable, le indicó que el señor Gavlik lo recibiría en un momento, lo invitó a sentarse en el sillón más mullido en el que se había posado Cobo jamás y le ofreció un café.

Nervioso, el valenciano esperaba encontrarse con un ejecutivo tieso similar a Javi, el ingeniero. "Me echará de aquí en dos minutos", pensó. Cuando la recepcionista, con su sonrisa de anuncio de dentífrico, le indicó que la siguiera hasta la oficina de Gavlik, a Cobo se le aceleró el pulso.

Avanzó detrás de la chica, que iba repartiendo sonrisas y recibiendo piropos entre los escritorios de los empleados. Cobo reconoció a la misma fauna de las agencias de publicidad españolas: la tribu de los creativos, cuidadosamente desaliñados hasta los límites de lo *cool* y las *nuevas tendencias,* fingiendo que se divertían mucho en su trabajo, y la de los ejecutivos de cuenta, vestidos formalmente y persiguiendo eternamente a los otros para que entregaran *a tiempo.*

—Adelante —dijo la chica, señalando la puerta de cristal de un privado.

"Venga, tío", pensó Cobo y entró decidido al despacho.

Una oficina enorme con grandes ventanales que daban hacia el Castillo de Chapultepec. La vista era majestuosa y ese día la Ciudad, fea pero sexy, se veía espectacular. Cobo se sintió hipnotizado.

—Linda vista, ¿no? —escuchó decir a alguien que lo sacó de su contemplación. El dueño de la voz era un hombre de la edad de Cobo, un rubio delgado, con cabello ligeramente largo y barba de tres días, vestido de jeans Levi's negros, camisa Lacoste rosa y blazer Coofandy—. André Gavlik, mucho gusto. Pero llámame Ruso. Así me dicen todos —saludó el hombre, ofreciendo la mano con un ademán nervioso. Cobo la estrechó en su manaza y al hacerlo, supo que acababa de conocer a un amigo instantáneo. Ignoraba que también selló ahí su destino.

Media hora después tenía el trabajo. En poco tiempo conocería los privilegios de ser extranjero blanco en un país colonizado. También habría de enfrentarse al centenario resentimiento mexicano hacia España y varias veces vería de frente el rostro menos amable de la fea sexy que lo había retado a poseerla. Aprendería a amarla y odiarla con la misma intensidad. Se enamoraría de su gente, su comida y su clima. Se movería como pez en el agua en los círculos *creativos* mexicanos y encontraría en el Ruso al cómplice entrañable que jamás había tenido en España. Dos años más tarde conocería a Myrna, la *guapa mexicanita* que había profetizado su prima. Se casaría con ella un año después para tener dos niños y una niña. Cuatro años más tarde se vería envuelto en un escándalo al lado de Gavlik y de Matías Eduardo, el presidente de la agencia, que casi les cuesta la vida y que provocaría la desaparición de la agencia Rochsmond RSG. De sus cenizas, Mati, el Ruso y Cobo habrían de resurgir para fundar Bungalow 77, agencia que los encumbraría y derramaría sobre ellos las mieles de la fama y la fortuna hasta el día maldito en que tomaron la cuenta del Fideicomiso Mexicano del Jitomate.

Cinco años después, escondido en Valencia, separado *por seguridad* de Myrna y los niños, temiendo por su vida y temeroso de cada sombra que atisbaba con el rabillo del ojo, Luis Cobo, cuarenta y dos años, exdirector de arte, exestrella de la publicidad mexicana, exfotógrafo, exaspirante a dibujante de cómics, renegaría del momento en que asistió a aquella cita de trabajo en las oficinas de Rochsmond RSG en Paseo de la Reforma, en la Ciudad de México, que ahora le parecía tan lejana como Marte, y aborrecería el momento en que conoció al Ruso Gavlik hasta el último minuto de su vida.

C5

—A histá —dijo Villegas, uno de los forenses fotográficos, señalando el Civic Rojo.

—Hijo de su pinche madre —murmuró el Járcor.

Todos los presentes siguieron la trayectoria del automóvil en las pantallas de la sala. El Honda salió al Eje 5, donde viró hacia el Viaducto, al que se integró hacia el Poniente. Llevaban varios días esperándolo.

—¿Tú crees que salió a…? —Villegas no completó la frase.

—Está confiado. Seguro estaba ya muy nervioso con los medios, chingue y chingue con el caso.

—¿Cómo lograste que el abogado dejara de joder?

El Jar dio un trago a una botellita de agua. No se había dado cuenta de lo amarga que tenía la boca. ¿Cuánto tenía sin probar líquidos?

—No lo logré. La nota fue perdiendo notoriedad. Como siempre. Quince minutos de fama y adiós, a lo que sigue.

—Como si nos hicieran falta malas noticias en esta ciudad —dijo Barroso, otro de los técnicos.

—¿Dónde va? —señaló el Járcor, al verlo salir del Viaducto. Las imágenes eran una sucesión de videos granulosos, de pobrísima definición.

—Salió a la lateral para integrarse a Patriotismo.

—¿Va a su coto de caza?

—Eso parece, mi Jar.

El Járcor miró su reloj. Doce treinta. Calculó que a esa hora tardaría unos veinte minutos en llegar en su moto del C5, frente al Parque de los Periodistas en la colonia del Parque, a Polanco.

No se suponía que debería estar en una de las salas de monitores. No escatimó sus encantos y el cobro de viejos favores para lograrlo.

—Tomó el Circuito Interior —informó lo obvio Barroso—. Está saliendo por Reforma… y agarró Mariano Escobedo —agregó.

El Járcor ya no lo escuchó, había salido disparado.

La bella y la bestia

—¡Soriano! ¡Indique su ocho! —aulló el Járcor al radio bluetooth de su casco.

—Masaryk y Anatole France —contestó el Oso desde el vehículo no identificado.

—El sujeto va en camino. ¡Karina!

—En posición —indicó la mujer policía.

—Todos listos. Llego en cinco. No, menos, en diez.

Rieron.

Karina Vale se paró en la esquina. No era la primera vez que hacía un operativo de infiltración. En una ocasión se había hecho pasar por esposa del Tapir, ocupando un departamento en una unidad habitacional de la colonia Agricultura para desmantelar una célula de narcomenudistas instalados en ese mismo edificio.

Fue una operación complicada que duró varias semanas en la que lo más complejo fue la convivencia con su compañero, que por momentos se tomaba varias libertades en su papel de esposo. Tantas, que alguna vez Vale lo tuvo que encañonar para que no se excediera.

Mujer hermosa, de complexión atlética, levantaba 1.72 de puro músculo, cabellera pelirroja y piel canela que inquietaban al más virtuoso. "Podrías ser modelo, ¿qué haces de policía?", le decían mucho. Ella reía. Era la *fea* de su familia.

Justo su presencia había entorpecido varias veces su desempeño en la Corporación. Desde la Academia había tenido que abrirse paso a chingadazos, repartidos por igual entre policías y malandros. "Hablando de la bella y la bestia, ella es ambas", citaba el Járcor a sus espaldas.

Esta noche, su aspecto le ayudaría en el operativo.

Ataviada con un vestido de coctel y tras rociarse un chorro de Jack Daniel's como si fuera perfume, respiró profundo desde su posición a las afueras del Club República y fingió ver su celular mientras esperaba que el Civic rojo apareciera sobre Masaryk.

"Quiero atrapar al hijo de la chingada con las manotas en la masa, que no pueda ni patalear", había indicado el Járcor en la sala de juntas. "Sólo tenemos una oportunidad", agregó sombrío.

Como para una cita, el auto se materializó sobre la calle, circulando despacio. Karina volteó discreta hacia Soriano, que la observaba tras el volante de su auto. Asintieron discretamente.

Cuando el Honda estuvo a una cuadra, Karina caminó hacia él, trastabillando.

Jorge

La vio. Sintió el deseo latiguearlo. *Algo* en su mente incons-ciente recordó la campaña fallida hacia la entrepierna de Yénifer. Otro *algo* ordenó bombear sangre ahí donde la víspera tanta falta había hecho.

La mujer parecía ahogada. Jorge no podía creerlo. Disminu-yó aún más la velocidad.

Cuando estuvo a su lado, bajó la ventanilla y dijo:

—¿Taxi ejecutivo?

Ella lo miró, confundida. Revisó su celular, sólo para darse cuenta de que, al parecer, aquello que buscaba no estaba en su pantalla.

La mujer acercó la cara a la ventanilla. La precedió un tufo penetrante a alcohol.

—¿C-cuánto? —preguntó.

—Lo que le cobren siempre, señorita. ¿Hasta dónde va?

Ella dudó. Pareció buscar el dato en su disco duro para fi-nalmente decir:

—Chu… shu… urubsco.

Jorge sonrió. Era lo suficientemente lejos para que las gotas surtieran efecto. Se había asegurado de usar dosis más mode-radas ahora.

—Doscientos, señorita. Barato.

La mujer dudó.

—Cientochenta —propuso Jorge.

—Va.

Subió al auto y se tumbó en el asiento trasero, inundando el auto con el aroma del licor.

—¿Usted me dice por dónde o usamos el Waze?

—Todo deresho...

Arrancaron.

—¿Una botellita de agua, señorita? —Jorge fantaseó con divertirse un poco con ella mientras estuviera inconsciente.

—¿No tienes otra cosita?

La miró por el retrovisor.

—Traigo cerveza, nomás cuidado con la policía, ya ve cómo son bravos esos cabrones. Con perdón.

—Dame agua *y* cervesha —ordenó ella.

A Jorge le aterró la idea de volver a rebasar la dosis y cargar con otro cadáver.

—Tómese primero la cerveza.

—¡Quiero agua y cerveza!

Horrorizado, Jorge se orilló.

—¿Sabe qué, señorita? Con todo respeto, así no trabajo y la voy a tener que bajar.

Soriano

—¡¿Qué pasó?! —tronó el Járcor en la radio.

—No lo sé, Jar. Se orillaron delante de mí, a unos metros. Parece que están discutiendo.

—¡Puta madre! ¡No se puede confiar en nadie!

El Oso lamentó que no hubieran microfoneado a Karina para ir escuchando su conversación con el presunto gotero.

Pero las cosas no eran como en el cine, la Procuraduría operaba de milagro, con gran precariedad y en inferioridad técnica y humana frente al crimen organizado. Aquí no había recursos tecnológicos, helicópteros ni hackers. Con trabajos había municiones y papel de baño.

"Jorge Fidel Vázquez Velázquez", recordó que era el nombre al cual se había sacado el crédito para comprar el Civic que ahora tenía detenido frente a él. La unidad había operado como Uber y Didi antes de empezar, según desprendía el informe de inteligencia, sus actividades como gotero. Ese informe había sido escrito por Soriano, por eso conocía la información de memoria. ¿Era el mismo sujeto con el que ahora discutía su compañera?

Soriano temía ser descubierto si se paraba detrás del Civic. Tenía que rebasarlo discretamente y dar la vuelta en la siguiente calle para bajar y proceder a la detención. Corría el riesgo de echar a perder la operación.

Debía tomar una decisión rápido.

—¡Soriano, indique su ocho! —ladró el Járcor por la radio.

Silencio.

—¿Soriano? ¡¿Soriano?!

Nada.

—¡Contesta, pinche Osoooo…!

Vale

"¡Pendeja!", pensó Karina. Por querer tener todas las evidencias había precipitado las cosas. Ahora estaba a punto de echar a perder la operación. El Járcor la iba a matar.

—N-no te pongas así, mi amor —intentó enmendar, agregando la más encantadora de sus sonrisas. Sabía que caminaba por el filo de la navaja. Cualquier exceso cometido durante el operativo podría funcionar a favor del acusado y dejarlo libre, tanto el exceso de violencia como una insinuación sexual.

Doblado sobre el asiento delantero, Jorge la miraba con ojos vidriosos. Ella alargó la mano derecha hasta él y acarició su antebrazo.

—Tranquilo, mi vida, no pasa nada.

Pudo ver la inquietud en el rostro del hombre. "Yes!", pensó. Alargó la izquierda hacia su bolsa para sacar su Glock. Mala idea, era diestra y la tarea resultó más complicada de lo que pensó.

—¿Amigos? —preguntó con su tono más seductor para ganar tiempo.

—Amigos los güevos y no se hablan —contestó el hombre, que apuntaba una automática al rostro de la agente.

Járcor

Maldijo en voz alta y aceleró.

Todo a su alrededor se convirtió en una mancha borrosa.

Lo separaban unos cinco kilómetros de su destino.

—¿Soriano? ¿Vale? —insistió.

Nadie contestó.

Como buen ateo excatólico, asumió la culpa completa. No debió mandarlos solos y quedarse él en el c5.

Pero quería estar seguro.

Ahora todo el operativo parecía estar a punto de irse a la mierda.

Aceleró aún más.

Escuchó una patrulla de tránsito detrás de él.

No pensaba detenerse. La vida de al menos uno de sus agentes podría estar en peligro: sólo hasta ese momento pensó en la posibilidad de que el gotero estuviera armado o actuara con un cómplice.

"Soy un pendejo."

Aceleró. Ignoró al policía que le ordenaba orillarse.

Sintió una descarga de adrenalina explotar, helada, en su espalda.

Quiso gritar de júbilo.

Un imbécil que se pasó un alto en Patriotismo y Benjamín Franklin se lo impidió.

Lo último que vio antes del impacto fue la portezuela del auto yendo presurosa a su encuentro.

Jorge

¿Disparar o no? ¿La mujer quería atracarlo? Había montón de historias de asaltos a taxistas ejecutivos. ¿Estaba realmente borracha? ¿No bastaba con bajarla del auto? ¿Y si apuntaba sus placas y lo reportaba? Seguro que con el susto se le había cortado la borrachera. Jorge no podía descifrar si la expresión de la mujer era de terror o de sorpresa. La mano le temblaba. Nunca había disparado un arma. Poncho se lo había llevado a la Marquesa para enseñarle a disparar, pero no era lo mismo apuntarle a una lata vacía de cerveza que a una mujer que no se sabía si sonreía burlona o conciliadora. La posibilidad de matarla cruzó por su cabeza. Pensó que iba a hacer un marranero, que sería carísimo limpiar las vestiduras. Luego se preguntó qué haría con el cadáver. Iba a ser más difícil deshacerse de éste. No le importó. Cortó cartucho. Se sintió poderoso. Se vieron a los ojos durante un segundo que pareció eterno.

Jaló el gatillo.

Soriano

—Policía de Investigación, señor, está arrestado.

Jorge sintió el cañón en la sien al mismo tiempo que la dureza del gatillo de su pistola. Intentó disparar varias veces, sin lograrlo.

—Suelte el arma —le ordenó el barbón que le apuntaba. Obedeció.

La mujer se la arrebató.

—¡Pinche Soriano! ¿Por qué te tardaste tanto? —tronó ella.

—Agradece que no supo quitarle el seguro —dijo Soriano con calma. Luego agregó—: Salga del auto. Entrégueme esas botellas.

Jorge cerró los ojos y suspiró.

—No estoy solo. Todo fue idea de mi compadre.

—¡¿Dónde está tu pinche compadre?! —preguntó una tercera voz. Todos voltearon en su dirección.

Con un moretón que cubría la mitad de la cara y la chamarra de cuero reducida a trizas, el Járcor apuntaba desde la otra ventanilla. Parecía salido de una película de zombis.

—Deberían ver cómo quedó el otro cabrón —dijo sin desviar el cañón de la cabeza del gotero. Como todos lo seguían viendo, asombrados, agregó—: ¡¿Qué?! ¡¿Nunca se han partido la madre en la moto?!

La fauna más extraña

Entré al Sanborns arrastrando los pies. El efecto de la adrenalina comenzaba a desvanecerse, el dolor de los golpes ya me mordía en las costillas.

Di un golpe tan violento que los de seguridad brincaron. Uno de ellos intentó detener mi paso.

—Policía de Investigación —le dije en un susurro, inclinándome hacia él para mostrarle mi identificación y el arma en la sobaquera—. No me deje salir a nadie, esto es un operativo.

Asintió en silencio y se apartó de mi camino. Al pasar frente a la caja registradora alcancé a atisbar mi reflejo en uno de los espejos de los muros, colocados para crear la ilusión de amplitud.

Me veía como si acabara de sobrevivir una explosión nuclear.

Caminé discretamente por el restaurante, todo lo discreto que podía al cojear, con la chamarra hecha jirones y el rostro convertido en una pizza de peperami.

Los restaurantes de veinticuatro horas atraen a la fauna más extraña. Nadie entra por gusto a tomarse un café a las dos de la mañana. Al pasar por las mesas distinguí a algún dealercillo de coca que surtía a los clientes de los antros cercanos, tomándose una pausa entre conecte y conecte; a una escort jovencísima que venía saliendo de alguno de los hoteles cercanos después de dar un servicio completo, devorando un club sándwich con una malteada de chocolate; al menos dos choferes de Uber que se tomaban un descanso; una pareja de ancianos octogenarios, vecinos de la zona, que habían visto decaer a su amada colonia Juárez, cenando una sopa de pollo con tallarines tomados de la mano; dos o tres tipos que se pusieron muy nerviosos al oler mi placa, pensando que iba por ellos y… a mi hombre.

Pude ver cómo casi todos los parroquianos descansaron cuando me encaminé a la mesa donde el tipo revisaba la pantalla de su teléfono celular, ajeno a todo.

Frente a él, una taza de café a medio beber flanqueaba un plato con los restos de algún pan. Estaba tan concentrado que tardó varios instantes en reparar en mi presencia frente a su mesa.

Al captarme con el rabillo del ojo, sus cejas se elevaron juntas, en una expresión que *casi* me pareció cómica. *Casi*, porque este hombre corpulento de aspecto afable era cómplice de un homicidio.

Toda esta chinga valió la pena sólo por verle la cara al encararme, plantado enfrente con la mirada fija en él. Sus ojos se abrieron como huevos cocidos. Casi pude escuchar el golpeteo del corazón en su pecho al acelerársele el pulso.

Aunque no me quedaba duda de su identidad, pregunté por su nombre.

—¿Luis Alfonso Hernández Hernández?

Se puso blanco. Le faltó el aire.

Repetí su nombre, un par de decibeles arriba.

—Soy yo… —dijo en un murmullo ahogado, con la certeza de los condenados en el cadalso.

—Policía de Investigación, señor. Está usted arrestado.

No tuvo tiempo ni de manotear.

Salimos de ahí ante la mirada aliviada de los demás clientes del café. Todos, excepto el matrimonio de ancianos y los choferes de Uber, respiraron tranquilos cuando Hernández y yo caminamos hacia la puerta del local.

—La cuenta del señor —ordené a la cajera. Nos entregó un recibo—. Paga —le ordené. Obedeció en silencio.

Salimos a la noche helada. Afuera nos esperaban Soriano y Karina en una de las patrullas. Su cómplice estaba hundido en el asiento de atrás.

Lo lancé a hacerle compañía. Los dos hombres se miraron en silencio. El primer arrestado bajó la mirada, entre avergonzado y aterrado. El otro lo roció con odio furioso. Iba a decirle algo cuando Soriano los calló con una autoridad que me sorprendió:

—Silencio. Ya platicarán en el Ministerio Público.

Arrancó el motor. Me miró y asintió en silencio. Le devolví el gesto y los vi arrancar.

Me quedé ahí unos cuantos minutos. Aspiré profundo el aire de la madrugada. La gente que no es de esta ciudad dice que su aire huele a mierda y gases tóxicos.

Esa noche a mí me olió a triunfo.

Batman

La detención de los goteros se anunció en una conferencia de prensa.

La Procuraduría celebró la investigación y el trabajo de inteligencia de sus agentes. Después de capturar a Jorge Fidel Vázquez y su cómplice, Luis Alfonso Hernández Hernández, que lo esperaba en un café cerca de ahí, se descubrió que los dos tenían antecedentes penales y diversos ingresos a reclusorios por robo violento.

El abogado de la familia Gavlik participó en la conferencia de prensa. Yo tenía ganas de romperle el hocico por entorpecer la investigación; me contuve.

Aquí no es Los Ángeles. No hubo condecoración especial ni estímulo económico. Ni siquiera nos invitaron a decir nada en la conferencia de prensa. Fue Rubalcava el que estuvo en el estrado, escuchando a la procuradora y su jefe de Comunicación Social ponderar el trabajo de la Policía de Investigación. Luego murmuró un torpe agradecimiento al equipo que había logrado el desmantelamiento de la peligrosa banda de goteros, sin decir nuestros nombres "para proteger nuestra actividad profesional".

Tenía razón el viejo: aquí terminas tu turno y te subes al metro como un ciudadano más, expuesto a las represalias de la Maña sin más protección que la del dios en el que creas.

Salimos del auditorio de la Procu. Agradecí a Soriano, Karina, Villegas y Barroso, que habían asistido a la conferencia de prensa.

León me invitó a echar unos quiebres en el Piquito de Oro, para celebrar; yo no tenía ningún ánimo.

—Prefiero echarle un ojo a estos expedientes —le dije, mostrando mi mochila. Mi amigo sabía que estaba mintiendo pero asintió, resignado.

—Me voy a tener que ir a jugar *Guitar Hero* con el Foca —respondió exhalando. Se refería a su asistente en el laboratorio de Periciales.

—Tus amigos millennials —le dije.

—Mis amigos abuelos —contestó, palmeándome la espalda.

Salí del Búnker en mi moto; enfilé por todo Vértiz. Camino a la casa pasé frente a Tortas Jorge, un lugar legendario que cerró después de cincuenta años. Solía detenerme ahí para comprar una cubana y otra de pierna para llevar. Ahora no tenía ningún caso desviarme. Era sólo un pretexto para seguir mi ritual secreto.

Dejé el restaurante a mis espaldas y tomé Morena hasta la esquina con Petén. Bajé de la moto un instante y me paré afuera del edificio de la Gorda, como había venido haciendo diario desde hacía varios meses.

Miré por algunos minutos el balcón de su departamento. El sol de cerámica que tiene colgado en el muro exterior miraba inexpresivo hacia el horizonte.

—¿Por qué tienes esta pendejada aquí? —le pregunté hace años, un día que tomábamos chelas en ese mismo balcón, señalando el rostro cachetón de barro—. Está bien culero.

—Era de la dueña anterior, la que me vendió el departamento —dijo.

—¿Y por qué no lo tiras a la verga? —repliqué.

Dio un trago largo a su lata, eructó y tras un silencio que me incomodó, dijo:

—Siento que se parece a mí.

—¡Estás bien pendeja! —grité entre risas. Me miró sorprendida—. Tú… eres muy bonita.

Creo que fue la única vez que se lo dije, por su cara de sorprendida, los ojos abiertos como platos. Yo sentí mi rostro enrojecer. Apuré mi cerveza, dejé la lata sobre la mesita que Andrea puso entre nuestras dos sillas y me levanté, sin saber muy bien qué hacer.

—Bueno, parejita, ya me voy —dije entre dientes. Su cara fue de decepción.

—¡Es muy temprano! Queda medio six —murmuró mientras yo me ponía la chamarra, tratando de decir algo coherente.

—Nosvemosmañanaenlaprocuquedescanses —susurré entre dientes y me salí sin darle un beso ni nada.

No cabe duda de que soy un pinche pendejo.

Aquella noche bajé hasta mi moto, estacionada exactamente donde ahora contemplaba ese departamento vacío; arranqué para tomar Xola y largarme a casa. En el camino le marqué a Karina Vale. Contestó antes de que terminara el primer timbrazo.

—A la orden, Robles —saludó.

—Indíqueme su doce, agente —ordené.

—Dieciséis en veinticuatro. Haciendo un rondín en la Juárez. Ando tras los falsificadores venezolanos de pasaportes.

—¿Alguna novedad? —utilicé mi mejor imitación de policía televisivo.

—Negativo, alguien les debió correr el pitazo porque esto está más frío que un hielo de jaibol —me reí de que usara la expresión emblemática del capitán Rubalcava.

—En ese caso, teniente, le ordeno que K-3 de inmediato a mi recámara.

Se rio con su carcajada vulgar, que tanto me excitaba.

—¿Llevo… ay, cuál es la clave para los condones? Ja, ja, ja.

—Negativo, agente, yo tengo.

—R-10 —y colgó.

Media hora después me revolcaba con ella en la cama.

"Soy un hijo de la chingada", pensé de vuelta al presente, mientras contemplaba aquel balcón vacío.

De haber fumado, ése habría sido el momento de dar un último jalón a mi tabaco y aplastarlo sobre el asfalto, dejar escapar el humo por la nariz y dar media vuelta para subir de nuevo a la moto y alejarme sobre la avenida al tiempo que los créditos de la película empezaban a correr sobre la imagen. En lugar de ello pasó un vendedor de pan en su bicicleta, haciendo sonar su bocina.

—¿Quihúbole, jovenazo? ¿Una conchita, dona, una rejita de manteca? —ofreció. Ya me conocía de pararme diario en esa esquina.

—Gracias, don, hoy no —dije. Debí haber ofrecido la imagen más alejada de un policía televisivo.

—Pa'l desayuno, joven. Ora sí no he vendido ni madres.

Recordé que a Mijangos le encantaban las donas de chocolate y a lo puro pendejo le compré una y un café con leche, que me tomé montado sobre la moto, sin despegar la mirada del balcón de la Gorda, como si esperara verla salir, sabiendo que estaría viendo el beisbol en casa de sus papás, mil doscientos kilómetros al norte de ahí.

No tenía colilla que aventar, por lo que lancé la bolsa de pan contra la puerta del edificio de Andrea en un gesto patético de rabia contra mí mismo, encendí la moto y circulé por Morena, di vuelta sobre Xochicalco hasta Xola, para bajar hacia el poniente hasta la esquina con Bolívar, donde vivo.

Dejé la moto en la pensión y caminé media cuadra hasta mi edificio. Abrí la puerta herrumbrosa, me deslicé en silencio por el pasillo hasta la escalera y subí a mi depa. Abrí las dos chapas de seguridad, encendí la luz

y sentí un golpe en la nuca que me mandó al suelo.

—Te estás oxidando —escuché al volver en mí. Veía borroso, pero esa voz era inconfundible.

—¿Mijangos?

No podía fijar la mirada del todo. Finalmente logré enfocar. Estaba sobre mi cama. Andrea me miraba, furiosa, desde la silla donde solía dejar mi ropa al desvestirme.

—También has subido de peso. Me costó un güevo acostarte en tu cama —dijo.

—¿N-no estabas en Cadereyta?

—Estaba, güey.

Cerré los ojos. Aún me dolía el madrazo.

—Te la mamas, güey —dije suavemente, cerrando los ojos.

—Brincos diera, no me alcanzo.

—¡¿Qué chingados haces aquí?!

—Pensé que te daría gusto.

Yo pensé lo mismo. Docenas de veces fantaseé con el reencuentro. Que si sería a la puerta de casa de sus jefes, en Nuevo León. Que si ella aparecería en el búnker de la Procu. Que si me citaría en un café de chinos de Revolución…

—¡Nunca pensé que me ibas a atacar por la espalda, pendeja! —exploté.

—Mta, para eso me gustabas, güey —dijo, levantándose de prisa—. Yo también te quiero, pendejo.

Salió de mi cuarto. La escuché hurgando en el refri. Volvió con dos latas de Victoria. Me lanzó una que aterrizó sobre la boca de mi estómago.

—¡Uf! —me doblé de dolor.

—Estás peor de lo que pensé, cabrón —rio mientras abría la chela. Se la bebió de un trago largo. Fue por otra.

Me incorporé, adolorido.

—¿Que no estabas en Cade…?

—Ya me preguntaste. ¿No me ves?

Hoy decididamente no era mi día.

—Reformulo, Andrómaca. ¿Qué haces aquí?

—Eso es diferente, Jar —sonrió. Terminó su segunda cerveza—. Necesito tu ayuda…

—… para una investigación —dijimos al unísono.

—¿Cómo sabes? —de verdad parecía sorprendida.

—Soy el segundo mejor detective del mundo, ¿recuerdas?

—¡Ah, chingá! ¿Quién es el primero?

Iba a decir que el Facebook, a cambio contesté:

—Pus Batman…

Me lanzó la lata vacía a la cara, riéndose.

—Eres un pendejo.

—Al menos te hago reír.

—No. *Eres* un pendejo —la sonrisa se borró.

Nos quedamos viendo en silencio.

—Sí, soy un pendejo.

—*El* pendejo.

—Un pendejo.

—¡El más grande pendejo del mundo!

—Bueno, ya estuvo, ¿no?

Me lanzó una mirada que no pude sostener.

—¿Qué necesitas? —murmuré—. Tanto como para descolgarte desde tu tierra. Y venir a emboscarme en mi departamento.

—Ah, sí, por cierto… —hurgó en su bolsillo izquierdo. Sacó un juego de llaves y lo lanzó a mis pies—. Ahí está el duplicado que me diste. Ya no lo necesito.

—¿Yo te di un duplicado?

—Sí. El día que cogi…

—¡No me acuerdo!

—No importa, no importa. Vale madre de todos modos. Nunca lo usé.

—Hasta hoy.

—Hasta hoy.

Se cruzó de brazos y me miró furiosa. De verdad que es hermosa y la idiota no lo sabe.

—¿Qué es lo que necesitas, Andrea Mijangos? —mastiqué cada palabra.

Suspiró. Bajó la mirada, negando lentamente con la cabeza. Me miró de nuevo, los ojos vidriosos, la boca hecha un nudo.

—Nada, pendejo. Deja de soñar despierto.

Estaba de nuevo solo en mi cuarto. ¿Me había quedado dormido? La silla donde había estado sentada Mijangos un segundo antes ahora me miraba, vacía, con una expresión burlona.

"*El* pendejo", la oí decir en mi cabeza.

Bajé la mirada, rumiando mi derrota en silencio.

¿Qué hora era?

Me había dormido con la ropa puesta. Hurgué en el bolsillo del pantalón hasta encontrar mi celular. La luz de su monitor bañó mi rostro. 2:39 de la mañana.

No lo pensé, busqué su número y marqué.

Los segundos que tardó en establecer la conexión transcurrieron con lentitud de lombriz, al tiempo que mi corazón trepaba por mi pecho hasta la tráquea.

El número que usted marcó no está disponible o se encuentra fuera del área de servicio. Favor de intentar más tarde.

Emputado, lancé el aparato contra la pared, donde se hizo pedazos.

Me quedé viendo los restos de mi teléfono. Un Samsung Galaxy A30s, recién sacado de la tienda. Su cadáver me miraba desde el suelo, incapaz de entender por qué le había hecho esto.

—Porque soy un pendejo —le dije—. *El* pendejo.

En silencio, concedió.

Soriano

Salíamos de la conferencia de prensa cuando me crucé con el Járcor.

Nuestras miradas se engancharon.

—Oso —dijo.

Pensé que me diría alguno de sus chistes crueles.

—Perdón… agente Soriano —agregó con otro tono. Remarcando la palabra *agente*.

—¿Señor?

Alargó su mano hacia mí, ofreciendo un saludo. Confundido, la tomé. Me estrechó en un apretón afectuoso.

—Felicidades, señor. Estupendo trabajo. Es usted un magnífico policía.

Y se fue, sin darme tiempo para contestarle.

Sólo hasta que desapareció por la puerta me di cuenta de que me había dejado con una sonrisa en el rostro.

Hijo de la chingada.

Leda y los cisnes

*H*oy.

Eso decía el escueto mensaje que recibió Lizzy Zubiaga de un número desconocido.

Había esperado esa palabra por semanas.

Miró alrededor. Se había encariñado con su celda de una manera muy extraña. Sonrió.

—Capulina —llamó a su asistente.

—Señora.

Lizzy la miró largamente antes de hablar.

—Gracias por todo.

—Ay, señora, qué agradece. Usté ha sido tan buena conmig…

—Capulina.

—Dígame.

—Tú te vas a quedar a cargo de mis asuntos aquí, ¿de acuerdo?

—¿De qué me habla?

—No preguntes nada, por favor, y mete mi celular al horno de microondas.

La morena la miró, sorprendida.

—Araña Capulina, obedece y no preguntes.

—¡Es un iPhone nuevecito!

—Y yo soy la emperatriz de México, así que obedece.

Lo hizo. El aparato comenzó a chasquear descargas eléctricas hasta que reventó, inundando la celda con un olor nauseabundo a plástico quemado.

—Gracias, Capu.

Se miraron en silencio un momento. En un impulso, Lizzy rodeó con los brazos a la corpulenta cocinera y le dio un beso en la mejilla.

—Cuídate mucho, mi reina.

—Ay, señora, ya me asustó.

El miedo fue mayor cuando descubrió que su jefa lloraba. No obstante, prefirió no decir nada.

Llegó la una de la tarde, hora de hacer ejercicio.

En grupos de veinte, las internas salían al patio, siempre bajo la mirada vigilante de las celadoras.

Según consta en las declaraciones posteriores de las compañeras de prisión y guardias, ese día Lizzy parecía alegre, sonreía.

Hacía un día soleado, no se veía ninguna nube en el cielo.

Después de media hora exacta, una de las celadoras pitó un silbato para indicar el fin del ejercicio.

Todas las mujeres se formaron por estaturas para volver a sus celdas.

Todas, menos la más alta de ellas.

—Z-Zubiaga… —quiso reprender, tímida, la celadora—. A la fila, por favor.

Lizzy permaneció al centro del patio.

—Zubiagaaa… —la guardia no se atrevía a elevar la voz. Se limitó a hablar como una maestra cariñosa. Estuvo a punto de insistir cuando un tono grave, sostenido, la interrumpió.

Era un zumbido que parecía producido por millones de insectos. Al principio sonaba lejano. Creció de volumen rápidamente. Todas volteaban hacia arriba, buscando su origen.

El cielo se oscureció, una nube negra apareció sobre el patio del Reclusorio.

Parecía un enjambre de avispas.

Antes de que pudieran asimilar la sorpresa, la nube se desgajó. De ella se desprendieron cientos de drones del tamaño de una sopera que se precipitaron hacia el patio de la cárcel.

Si alguna de las celadoras intentó sacar su arma, debió abandonar la idea de inmediato. Cada guardia fue rodeada por una parvada de drones que apuntaban amenazantes cañones de ametralladoras hacia las mujeres. Lo mismo con las torres de vigilancia.

El zumbido se tornó ensordecedor.

Lizzy elevó los brazos, cerró los ojos.

—Adiós —dijo.

Docenas de drones descendieron hasta ella, envolviéndola en una crisálida metálica.

Ante la mirada atónita de las presentes, custodias e internas, Lizzy se elevó envuelta en los drones con la delicadeza de una libélula. Cuando desapareció en las alturas, todos los demás drones se dispersaron por los cielos.

Antes de que nadie pudiera reaccionar, una de las mujeres atinó a ver su reloj.

Eran las 13:33.

Valencia

—Venga, Cobo, estás hecho una ruina. Tienes que salir de este cubil de mierda.

Hablaba Dani Ibáñez, el mejor amigo de Cobo. El expublicista se había recluido en un piso del barrio de Ruzafa. Separado de su mujer e hijos "por seguridad", no salía, ordenaba de comer a casa y se la pasaba revisando obsesivamente las noticias de México.

—Que te lo digo yo, colegui, mi vida peligra.

—¡Pamplinas! Deja de hacer el indio y salgamos fuera a por unas copichuelas. ¡Mírate! Estás hecho una piltrafa.

Cobo bajó la mirada.

—Esto no es vida, no.

—¡Coño, Cobo! Abandona tu reclusión, hazlo por salud mental. ¡Esto no es México, joder!

Cobo suspiró, angustiado.

—Hermano, ¡México está muy lejos! Lo que quiera que hayas dejado atrás, se quedó allá. ¿Me vas a decir que no estás frito de vivir como recluso?

Observó a su amigo con la mirada inyectada.

—Esto es un infierno, Dani.

—¡Venga! Salgamos un rato, vayamos a por unas cañas. ¡Que invito yo!

Un rayo de alegría pareció iluminar los ojos de Cobo.

—Quizá… tengas razón.

—¡La tengo! Aquí te estás volviendo loco, ¡salgamos, por el amor de dios!

Cobo sonrió tímidamente.

—Nadie, te lo aseguro, nadie intentará atentar contra tu vida.

Cobo miró inquisitivo a su amigo de toda la vida, informático en una empresa constructora.

—Vale, vamos. Sólo un par de cañas.

—¡Venga, Cobo, joder! ¡Ése es el amigo que conocí!

—Deja ducharme, tío. Estoy hecho una mierda.

—Y no hueles mucho mejor, te lo aseguro —Dani sonreía, jubiloso. Le había tomado meses convencer a Cobo de abandonar su piso.

—No tardo —dijo Cobo.

Dani se sentó en el sillón de piel. Sacó su celular y escribió un mensaje al grupo de Facebook de los amigos del barrio.

¡Colegas! He logrado que el Gordo salga de su encierro. Encontrémonos en el Nylon Club en media hora, antes de que se arrepienta.

Dio publicar y se puso a bobear en su teléfono. En el baño, se escuchaba correr el agua de la ducha. Dani se preguntó cuánto tiempo llevaría Cobo sin asearse. Sonrió, triunfante.

Revisó su Facebook.

Revisó su Twitter.

Revisó su Instagram y vuelta a empezar.

"Que te tardas, Gordo, ¿eh?"

Algo le inquietó.

Escuchaba el agua correr.

Pasaron veinte minutos. Demasiado incluso para alguien con varios días sin asearse.

Veinticinco minutos.

"¡Mierda!"

Media hora.

Dani se levantó y caminó al baño. Llamó a la puerta. No recibió respuesta.

—¿Cobo? ¿Hermano, estás bien?

Sólo escuchaba el agua correr.

"¡Joder!"

Giró la perilla de la puerta.

Encontró a Cobo tendido sobre el piso de la bañera. Se había resbalado, caído de espaldas y golpeado la nuca en la orilla de la tina.

Estaba muerto.

Siudad de Méjiko, 12052019, 20:27 h-26062020, 16:10 h

And a big thank you goes to...

No me cansaré de repetirlo: pese a que la escritura de una novela suele ser un acto solitario, hay mucha gente que interviene de manera directa o indirecta en el proceso. Alcanzar el punto final sería imposible sin las aportaciones de todos ellos; me parece importante dedicar un pequeño espacio para agradecérselo.

Constantemente recibo mensajes por redes sociodigitales preguntando para cuándo tendré la siguiente entrega de Mijangos. Ello me llena de honor y me obliga a agradecer a los lectores que han arropado esta serie desde hace ya quince años. Hubiera deseado entregarles por lo menos una novela anual.

Escribí esta historia atravesando una gran crisis personal y creativa. Mi compañero de patrulla, el gran Paco Haghenbeck, fue el que aportó la idea que habría de convertirse en la anécdota central de la primera versión. En ella, se entrelazaban el siguiente caso de Andrea Mijangos con el caso del gotero que habría de resolver el Járcor en la Policía de Investigación. La crisis de la Covid-19 transformó de tal manera el mapa geopolítico que la aventura de la detective, vinculada al terrorismo internacional, perdió vigencia y plausibilidad. No obstante, avancé hasta terminar.

Cuando entregué el manuscrito a mi agente, Guillermo Schavelzon, lo leyó en dos sentadas (una cualidad en un libro como éste), pero me señaló que las dos historias se tropezaban una con la otra. Tomé la decisión de relegar a Mijangos a un segundo plano y otorgarle el protagonismo al Járcor, uno de mis personajes consentidos. La Güera sabrá comprender.

Esta bestia que habitamos tiene una deuda impagable con Erick De Kerpel, que me permitió robarme a los protagonistas de su novela *Bungalow 77*, un libro estupendo sobre los nexos entre un cártel del narco y unos publicistas sin escrúpulos. Generosamente autorizó que tomara a sus personajes e hiciera con ellos lo que quisiera. Sobra decir que su libro es magnífico y que le pido perdón por haber destruido, literalmente, al Ruso, Matías y Cobo. Gracias, Erick.

Israel Mejía es mi gurú en más de un sentido. Su ejemplo profesional y humano ha sido una brújula para mí en muchas ocasiones. Una de ellas, cuando lo conocí a mi fugaz paso por una agencia multinacional de publicidad hace veinte años. La otra, cuando ilustró en coautoría mi primer libro infantil, *Cuento de hadas para conejos*. Gracias, parnita, por contarme cómo se articula una campaña de publicidad.

En medio de la escritura del primer manuscrito, me atoré sin poder avanzar. Una visita de mis amigos sonorenses Edith Cota y Carlos René Padilla, él uno de mis colegas novelistas policiacos, ayudó a darme claridad para salir del atolladero, desechar treinta de las ochenta cuartillas que llevaba escritas y poder remontar el vuelo. Después, tanto Carlos René como mi lector favorito, el ingeniero Bernardo Fernández, leyeron esa primera versión. Sus observaciones reafirmaron la decisión de reescribir la novela (y mandar otras setenta páginas a la papelera).

Laura García, brillante lingüista y veterana redactora de diccionarios, revisó generosa la falsa entrada que abre esta novela. Gracias, Laura.

Roberto Coria, con su habitual generosidad, me asesoró respecto a los procedimientos de investigación policiaca. Del mismo modo Oswaldo Ojeda, mi abogado, me ayudó con los temas legales. Si se coló algún error en el texto, es mi responsabilidad.

Los doctores Gerardo Valdés y Carlos *Cóatl* Sandoval me asesoraron sobre los temas médicos y contestaron pacientes (valga la expresión) mis preguntas de lego. En ambos casos, además de brillantes galenos y talentosos creadores, me une con ellos una entrañable amistad.

La ingeniera Aída Cortés, auténtica genio de la química y la farmacéutica, también despejó mis incógnitas sobre toxicidad. Muchas gracias, Aída.

Asimismo, el capitán Manuel Alvarado Zárate, mi compañero de generación desde la primaria hasta la prepa, me hizo ver la burrada de llamar *soldados* a los efectivos de la Marina, y Bernardo Fernández, el ingeniero, me dio una cátedra sobre seguros de pistolas automáticas. Gracias a ambos.

Agradezco como siempre el apoyo de mis agentes, Bárbara Graham y Guillermo Schavelzon, siempre listos a paliar mis inseguridades creativas y animarme a seguir adelante. Sin ese apoyo, no habría terminado la tercera versión del manuscrito.

Gracias también a Pablo Martínez Lozada, mi editor en Océano, que siempre logra sacar a mis palabras su más brillante lustre.

Un agradecimiento especial a mi amigo el *Diablo*. Sin ti, mi hermano, Mijangos y el Járcor serían una burda caricatura. Gracias, gracias.

Finalmente gracias a mis hijas, María y Sofía. Todos mis afanes creativos están dedicados a ustedes dos, en la (acaso vana) esperanza de que cuando sean adultas las novelas policiacas se hayan convertido en folclor y sean innecesarias en un mundo mejor que éste.

—B. F.
Febrero de 2021

Esta obra se imprimió y encuadernó
en el mes de abril de 2021,
en los talleres de Corporativo Prográfico, S.A. de C.V.,
Calle Dos #257, bodega 4, Col. Granjas San Antonio,
09070, Iztapalapa, Ciudad de México.